Sonya
ソーニャ文庫

俺様騎士の不埒な求婚

イースト・プレス

contents

序章 005

1章 010

2章 044

3章 073

4章 128

5章 181

6章 233

7章 266

終章 302

あとがき 312

序章

「気持ちいいか、プリンセス？」

そう言った唇は、胸の先を含んだ。

訊いているようで、絶対、返事なんて求めていない。

そんなことをされて、私に何が言えるというの。

どうしてこんなことになっているのか、全然わからないんだけど、とりあえず私が大きなベッドの上で震えているのは間違いない。

「ふ、あ、あ、あ……ッ！」

「――ふ、いい声だな」

胸にしゃぶりついたまま、彼が笑った。

彼――彼は、誰かしら？

よく覚えていない――ううん、結婚式で、話していた人だった――ような気がする。

でも、その人とこんなことになっているのはどうして？

「——プリンセス、髪はほどいたほうが、俺は好きだ」

貴方の好みなんて知りません。

そう言いたかったのに、長い指が癖《くせ》のある髪の毛を梳《す》いて、白いシーツの上に広げていく。大きな手はそのまま私の肩から腕まで辿り、吸い付くように胸に移動した。

「あ、あぁあんっ」

なんて声を出しているの。

はしたないと、どこか理性的な私はそう考えているのに、身体は全身が火照《ほて》り、お腹の奥が疼いていて震えることしかできない。

彼の身体は大きかった。私の身体を覆うほど、大きい。

指先や掌《てのひら》、饒舌《じょうぜつ》な唇だけじゃなく、その身体の全部で、私は狂ってしまいそうだった。

「ま……っあ、ま、って、あぁ、ん！」

身体が熱くてどうにかなりそうなのに、彼の手が私の脚を広げてさらに身体を密着させる。ぬるりと潤《うるお》った秘所に、何かの塊《かたまり》が押し当てられて、私は震えた。

何か、と考えるよりも先に、それは私の中に押し入って来た。

「ン、あ、あ、あああっ！」

「——き、ついな……プリンセス、少し緩めて……いや、このキッさがたまらないな」

「ふぁああんっ」

彼の手が私の胸の柔らかさを確かめるように揉《も》んで、もう片方の手が自分ではわからない場所を弄《いじ》る。ぬるぬると大きな塊が自分の中を抉って、私の身体は素直に感じる余裕もなかった。

足先がぎゅっと丸まる。暴れずにいられなくて、身体を捩《よじ》り手を振り回した。その手が硬いものにぶつかって、導かれるようにそれにしがみ付く。

身体の奥から湧き上がる何かから逃げ出したくて、震える全身をどうにかしてほしくて、私は力いっぱい、抱きついた。

「――ああ」

その硬いものが、私をおかしくさせている張本人の身体だったのを、耳元に吐息のような声が聞こえてから思い出したけれど、それがなんの役に立つというのか。

「プリンセス。一目で俺を虜《とりこ》にしたプリンセス。俺をこんなに翻弄《ほんろう》して、狂わせた責任は取ってもらうからな。だが、ひとまずこれで――君は俺のものだ、プリンセス」

「――――っ」

だから、そのプリンセスっていったいなんなの？

やっぱり私には、彼の言っている意味がよく理解できなかった。

「っひ、あぁぁんっ」

彼は私の顔を間近で見つめながら、腰を激しく揺らし始めた。

私の腰は、大きな手が摑んで放してくれない。

だから、彼に貫かれたまま、私は全身を震わせて啼《な》いていることしかできないのだ。

彼は——彼は、いったいなんなのだろう？

「あっあっあっ、あ」

私は啼いている。

いや、泣いていた。彼をしっかり見ようと思うのに、視界がぼやけて彼の髪が暗い色をしていること以外わからなかった。全部滲《にじ》んでいる。

私——泣いているの？

滲む視界の中で、彼の口端が上がった気がした。

今、笑った？

何が面白かったの？

私の思考はすでに曖昧《あいまい》で、熱くなった身体に引きずられ、さらにおかしくなっていた。

激しい律動に、意識はゆっくりと消えかかっている。彼はなおも私の身体を貪《むさぼ》ろうとしているけれど、私は喘《あえ》ぐ声も掠《かす》れ、彼の背中に回す手の力もなくなるくらい、疲労を感じていた。

意識が完全になくなる直前、とても嬉しそうに笑う彼の声が耳に届いた。

「——ああ、プリンセス、俺をもっと狂わせたいんだな？」

それ、やっぱり返事は求めていないでしょう。
私が最後に感じた思いは、声にならなかった。

1章

何をやってしまったの？

ヴィクトーリア・シュペールはベッドの上で頭を抱えていた。

頭が痛かったからだ。その原因の半分は二日酔《よ》いが占めているが、もう半分の原因がヴィクトーリアを混乱に陥《おとしい》れていた。

こんなこと、今まで一度もなかったのに——

ヴィクトーリアは今年二十二歳になるが、これまでの人生で自分を見失ったことなど一度もなかった。そんな冷静すぎるところが可愛くないと、周囲から少なからず思われているのも知っている。

それでもヴィクトーリアはそれが自分の性分だとわかっていたし、可愛げを身に着ける方法も知らなかった。そもそも、そんな性質以前にヴィクトーリアにまつわる評判が、彼女を孤独にしているのだ。

可愛げがないと言われたからといって、今更なんだというのか。

もう結婚だって諦《あきら》めている。

元々、恋愛に興味が持てなかったし、誰かを好きになるということすらわからない。

実家のシュペール家は貴族で、父の始めた貿易業がうまくいって裕福だった。家の跡継ぎである兄がいて、母は幼い頃に病気で亡くなっているが、優しい家族はヴィクトーリアの事情を理解してくれている。

このまま独りで、父や兄を手伝いながらひっそり生きていくものだと思っていた。

社交界どころか、通っていたアカデメイア学士院でも、ヴィクトーリアの悪い噂は知れ渡っていたから、これ以上目立ちたいなんて微塵《みじん》も思っていなかった。

アカデメイア学士院――通称『学院』は、優秀な者ならば身分や性別を問われずに入学できる教育機関だ。将来、政《まつりごと》に携わる者が専攻する政務科や学問を究めるための研究科、騎士になるための騎士科など、様々な分野に分かれて必要な知識を得ることができる。

ヴィクトーリアは十六歳から通い、ようやく去年卒業した。

もっと早く卒業することもできたが、勉強以外にしたいことがなかったのと、ある人と交わした約束を果たすために、時間を稼ぐ意味合いもあって通い続けていたのだ。

その約束も、ようやく果たせた。

昨日、ある友人の結婚式に出席した。

本当は出席するべき立場ではなかった——元婚約者の結婚式なのだから。

しかし、ただの友人関係であるということを周囲に知らしめるために、元婚約者としての最後の仕事とも思って出席したのだった。

ようやく肩の荷が下りて、ほっとしていた。昨日までは。

今、ヴィクトーリアが置かれているのは、ほっとする状況とは真逆のものだった。

「——どうして」

ぽつりと呟いた自分の声が嗄れていることが、情けなくなった。

どうして私の声は掠れているの？

考えたくもなかった。思い出したくもなかった。

身体の節々が痛みを訴えていて、人には言えない場所が一番ひりついている時には。

考えたくはなかったけれど、寝起きで混乱していた頭がようやく動いてくると、やはり昨日のことはなかったことにはできないだろうと考える。せめてこんな状況を正当化できる出来事はなかっただろうかと、順に思い出していく。

「私——アンディの結婚式で——彼とエリカに挨拶《あいさつ》をして、それから——」

ヴィクトーリアの元婚約者である新郎のアンディと新婦のエリカに心から祝福の言葉を贈った後、ヴィクトーリアは自分の仕事は終わったとばかりに早々に立ち去ろうとした。

ただでさえヴィクトーリアの立場は異質で、悪目立ちをしていた。

その場でそれに気づいていないのは、お互いのことしか目に入っていない新郎新婦だけだった。

だがヴィクトーリアはすぐに帰れなかった。

結婚披露の場となったガーデンパーティの会場で、できるだけ人目を避けて庭木にぶつかるギリギリの端を歩き、会場を後にしようとしていた途中で声を掛けられたのだ。

挨拶程度で終わるつもりだったのに、いつの間にか椅子に座っていて、気が付けば勧められるがままにワインを飲んでいた。

私――どうして、あんなに飲んじゃったの――!?

自分で自分が信じられなくて、憤りさえ覚える。

何しろ、思い出してしまったその相手の顔が、嬉しいとは思えない人だったからだ。

「――まさか、冗談でしょう……私、こんなこと……こんな……まさか……」

ヴィクトーリアは、二日酔いの気持ち悪さの中で思い出した相手を、もう一度記憶から消してしまいたかった。間違いだと誰かに言ってほしかった。

何もなかったことにしたい、とベッドに転がってみるが、頭は痛いのに目は冴えてしまい、眠ることができない。

そこに、ココココンッと小気味よくドアを叩く音とともに、快活《かいかつ》な声が聞こえてきた。

「トーリアー?　起きた?」

「……起きたわ」

耳慣れた声だった。

学院時代からの親友であるジジ・カフルは、ヴィクトーリアをトーリアと愛称で呼ぶ。その声は女性にしては少し低いけれど、ヴィクトーリアにはとても心地よかった。

それなのに、今はそれすら雑音となってグワングワンと頭を揺らしてくる。これはまさしく二日酔い――こんなことになるのは初めてだったけれど、自分のせいだと理解できているから文句を言わずに答えた。

「……まるで屍のようだ」

ドアを開けて入って来たジジは、ベッドの上で蹲《うずくま》るヴィクトーリアを正しく表現した。まったくその通りであるが、嬉しい言葉ではない。

「……死んでない」

「だから『ようだ』って言ったよ。はい、これ飲んで」

ジジが強引にコップを押し付けてくるが、ヴィクトーリアにはそれを断る権利はない。何故なら、この部屋がジジの部屋で、今まで寝ていたのは彼女のベッドだったからだ。

「……なぁに？」

「特製薬草茶。二日酔いに効果てき面。うちのお母さんの折り紙付きだよ」

ヴィクトーリアは、この気持ち悪さがなくなるのならと、大人しくコップを受け取って口に近づける。その瞬間、ひどい草の臭いがして顔を顰《しか》めた。思わず飲むのを躊躇《ためら》ってしまうが、ジジはそんなことなどお見通しな様子で先に断りを入れる。

「効能を優先したから、臭いと味は保証しない。でも、すぐに効くから」

「うぅ……」

ジジが効くと言うのなら効くのだろう。

薬や薬草のことで、ヴィクトーリアがジジを疑うことはない。何しろ、ジジの両親は街で著名な薬剤師であり、ジジも家を継ぐために学院で薬学を専門に学んでいたからだ。

それでも覚悟を決めて勢いよく喉に流し込む。鼻での呼吸はもちろん止めた。

少量だった深緑色のお茶は三口で飲み終わったが、草の味が舌に残り、顰め面をしてしまう。けれどジジの言葉が本当だったことはすぐにわかった。

「――あ」

喉の奥は不快だけれど、頭の中はすっきりしていた。

「ん、レモン水。口直しに」

「ありがとう……すごいわ、ジジ」

ジジの家、カフル薬局にヴィクトーリアが飛び込んだのは今日の明け方のことだった。

まだ就寝中の時間帯だったにもかかわらず、ジジはヴィクトーリアを招き入れ、体調の悪さを見て取るとすぐにベッドを貸してくれた。

そして今まで、ヴィクトーリアをひとりにしていてくれたのだ。

ヴィクトーリアだって、ジジに迷惑をかけるつもりなどなかった。

しかし、後悔と不安と気持ちの悪さを抱えた身体では、馬車でもそこそこ時間のかかる自分の家まで歩いて帰るなんて無理だと思ったし、そんな状況では親友を頼ってしまうのも仕方ないだろう。

薬草茶の倍の量のレモン水を飲み干し、一息吐いたヴィクトーリアは、床にしゃがんでこちらを見上げるジジの視線に、いよいよ逃れられないことを悟った。

「――それで、いったい君は何をしてきたの？」

「それは――」

なんでも話せる相手であっても、躊躇ってしまった。

それは、自分でも夢であってほしいと願っているからだし、いくら親友とはいえ簡単に話せるような体験ではないからだ。

だが、親友のまっすぐな眼差しから逃れるように自身の目を泳がせたヴィクトーリアに、ジジは遠慮しなかった。そもそも、初めて会った時から、貴族であるヴィクトーリアに対しても、平民であるジジは遠慮などしたことがなかった。もちろん、ヴィクトーリアだって、初対面で意気投合した相手にそんなことなどしてほしくなかったが。

「――君、昨日はアンディの結婚式に出席していたはずだよね？　そもそも、そんなもの出る必要ないって言ったのに、律儀に出ちゃってさ。そのあたりがお人好しすぎるんだよ、トーリア」

「……そうかしら。でも、アンディと私は元婚約者同士とはいえ、実際にはただの友人関係だったのだから、それを証明するには――」

「顔だけ出して、すぐに帰る予定だったはずでしょ？　なのにドレスのままってことは一度も家に帰っていないってことだよね。うちに来たのは明け方だよ？　そんな時間までどこで何をしていたのかって話――」

言い訳じみたヴィクトーリアの言葉など気にもせずジジは続けるが、核心に迫られて言葉を失くす。

「――――」

「というか、そこに誰と、って付け加えたほうがいいかも？」

あまりに鋭いジジの指摘に、ヴィクトーリアは普段の冷静さや、完璧な貴族令嬢としての気品などどこかに忘れてきたかのように――たぶん昨日落としてきたのだ――びくりと身体を揺らした。

ジジを誤魔化すことなど無理だとわかっているのに、ヴィクトーリアは顔を背けたままうまい言い訳はないかと考えながら口を開く。

「その――わ、私は、別にその……」

「……気づいてないいんだろうけど、君、所有印すごいよ」

「所有……？」

いつもより低い声でのジジの指摘に、ヴィクトーリアはなんのことかわからず首を傾げて見返せば、彼女はヴィクトーリアの首のあたりを指さしていた。いつもは肌を見せない落ち着いた服装をしているが、結婚式に出席するために珍しく胸元の開いたドレスを着ていたのだ。

しまった、ドレスのまま寝てしまった――などとどうでもいいことを後悔しながら、ふいに昨夜のことを鮮明に思い出してしまい、慌てて首元を手で隠す。

「嫌だ……っ！」

「嫌だも何も、隠し切れてないし。今が秋の終わりの季節でよかったね。外套《がいとう》を着るのも普通だし、着てしまえば見えないし。そんなの見ちゃうとトーリアのお父さんもさすがにびっくりして倒れちゃうかもよ」

「い、いや……っあの、これは、その――！」

ジジの淡々とした指摘に、ヴィクトーリアはうまい言葉が見つからなかった。

ああ、ここで記憶なんてありませんって言えればいいのに！

二日酔いになるほどお酒を飲んでも記憶を失くさない性能のよい頭を褒めればいいのか恨めしく思えばいいのか、ヴィクトーリアはそんなくだらないことを考えながらも、今度は恥ずかしすぎて隠れてしまいたかった。

すると、ヴィクトーリアの思考を読んだように、ジジが一息吐いて立ち上がった。

「とりあえず、お風呂用意したんだ。さっぱりしておいでよ。着替えも貸してあげるからさ」

「…………うぅ」

呻りながらも、「ありがとう」と返して従う以外、ヴィクトーリアに何ができただろう。

何度も来たことのある親友の家ではあるが、人様の家でお風呂まで借りたことはない。

さっぱりした後は、家主《ジジ》の尋問《じんもん》が待っていた。

「それで、誰といたの？　というかさ、私も結構びっくりなんだけど。君が朝帰りとか。男っ気もなかったし、むしろ男嫌いかと思ってたくらいなのにさ。突然、私の知らない相手ができたの？　湧いたの？　衝動に流されるタイプじゃないって君もわかってるでしょ？　で、昨日何があったの？」

「…………………」

先ほど浴室の鏡で自分の身体を改めて見てみると、首元どころか全身、至るところに、ジジ曰く「所有印」が付けられていて、その数の多さに眩暈《めまい》を覚えた。恥ずかしさからなんとか立ち直ったところだっただけに、直接的なジジの言葉がザグザグと胸に突き刺さる。

「まさかとは思うけど、酔わされて無理やり、とかだったりすると――」

「……えっ」

「私、これから報復しなくちゃならないから忙しくなるんだけど。全身の毛という毛を毟《むし》って生えなくする薬を飲ませた後で二度とあそこが使い物にならなくなるようちょん切ってやって強姦魔ですってタトゥーを背中に入れた上で騎士団に引き渡すなんて生ぬるいから路上で晒《さら》した後は――」

「ジジ！　待って待って！」

次第に目が据わってきて、年頃の女性が言っていい言葉ではなくなっていることに慄き、ヴィクトーリアは慌てて遮った。

「違うわ！　違う、そんな無理やりなんて――」

そう言いかけて、じゃあなんだったの、と自問したくなった。

はしたないことをした。

これまでのヴィクトーリアであれば、絶対にしないことをしてしまった。そもそも、お酒だって酔うほど飲んだことはない。あんなことになってしまったのは、酔っていたから、ということはもちろんあるけれど、酔っていたってあまりにも簡単に篭絡《ろうらく》されている。

自分でもどうしてああなったのか知りたいくらいなのだ。

それでも、無理やりなどではない。

だが、その事実を認めることが恥ずかしすぎて躊躇われた。

ヴィクトーリアをよく知るジジは、そんな葛藤《かっとう》などお見通しのようで、少し呆れたような目でヴィクトーリアを促した。

「じゃあ、何があったの」

「……昨日、私は――」

ヴィクトーリアは、改めてジジと一緒に思い出すことにした。

昨日出会った彼のことを。


秋晴れの空の下、アンディとエリカの結婚式はめでたく執り行われた。

本当なら、ヴィクトーリアが出席する必要はなかった。必要ないというより、すべきではない、というほうが正しいのかもしれない。

何故なら、約二年前から学院を卒業した直後まで、ヴィクトーリアとアンディは婚約関係にあったからだ。

そして今日、アンディは結婚した。婚約者だったヴィクトーリアではない女性と。

つまりヴィクトーリアは厚顔にも、振られた相手の結婚式に出席していたのだ。

しかし自分が振られるのは、婚約した当初から決まっていたことだった。

アンディとヴィクトーリアは想い合っていたわけではなかった。そもそも、アンディは昔からエリカ一筋だったのだ。しかし貴族階級であるアンディの家――エルトン家は身分にうるさく、平民であったエリカとの付き合いに反対していた。

そこで、助け船を出したのがヴィクトーリアだった。

いや、正確には、ヴィクトーリアのさらに前の婚約者のレックスがヴィクトーリアに頼んできて、それを受けてアンディを助けたということだった。

レックスとは親同士の口約束で婚約していたが、三歳年上のレックスが学院を卒業する時に、婚約関係を円満に解消した。

何故円満だったかといえば、お互い大人になっても恋愛感情を持てなかったのもあるが、レックスが他の女性と恋に落ちたことが大きい。

つまり、ヴィクトーリアは二度、相手のために婚約を解消したことになる。

ただ、彼らの体面を保つために解消ではなく破棄という形にした。さすがに貴族で構成される社交界では、二度も婚約破棄された女の評判は地に落ちたも同然だった。だがヴィクトーリアには、不満も恨みもない。今も、心からアンディとエリカを祝福している。ヴィクトーリアの家族も事情を知っているし、自分の責任は自分で取る、という家風だったから、父でさえ娘の意思を尊重してくれて、問題はなかった。

アンディも決してヴィクトーリアの評判を落としたいわけではなかったから、彼女に落ち度がないことを示すためにも、仲の良い友達であることをアピールしようと、元婚約者であるヴィクトーリアを、自身の結婚式に招待したのだ。

必要のない気遣い、と思わないでもなかったが、これ以上社交界での自分の立場を貶めたいわけでもなかったから、ヴィクトーリアはそれを受けた。ただ、そういう意図があったとしても、ヴィクトーリアの居心地がよくなるわけではなかった。

挨拶だけしてそっと帰ろうとしていたのだが、その途中で引き止められたのだ——彼に。

実のところ、彼がガーデンパーティの会場に入って来た時から、気づいてはいた。

話し相手もいない状況ながらも、女性たちの噂話の声を拾うだけで彼が誰なのかわかったし、女性の相手に慣れている人だと見て取れた。

誘われるがままに、招待客——しかも女性ばかりと歓談していたからだ。

左右対称に整った顔立ちは男性的だけれど美しい。この季節に夏仕様のような薄手のシャツにスラックス姿で、それだけでも目立つのに、相当な長身だから、女性ばかりの人だかりからひとりだけ頭が飛び出している。

彼はまるで、その場にいるすべての女性の知り合いである、というように愛想を振りまき、騒がれることを楽しんでいるようにも見える。ヴィクトーリアは、自分から一番遠いところにいる人種だと思っていた。

なのに彼は、帰ろうとしていたヴィクトーリアの前にいつの間にか立っていて、ついさっきまで他の女性に触れていた手を差し出していた。

あの時、差し出された手を、どうして取ってしまったのか。

ヴィクトーリアは促されるままテーブルに着き、勧められるままワインのグラスを空けていった。

自身の許容量である三杯目を超える頃には、酔ったかもしれないと自覚していたが、四杯目に口をつけた。

もしかしたら、自分でも気づかないうちに、不満が溜まっていたのかもしれない。

だって、誰が好き好んで、二回も婚約破棄されるというの？

結婚に興味がなく、異性に惹かれなかったからこそ、レックスやアンディの提案を受け入れたけれど、伴侶へ向ける熱く幸せそうな彼らの視線を目にして、何も思わなかったわけではない。

自分には関係ないと考えながらも、心の片隅で思ってしまったことがある。

私だって、本当は——

あの熱い視線の先に、立ってみたい、と。

あんなふうに一途《いちず》な想いを、ぶつけられてみたい、と。

ただ、冷静な思考が、いったい誰とそんなことになるというのか、と諦めに似た気持ちで笑うのだ。

なのに、五杯目のワインを飲み干した頃、ヴィクトーリアはそんな視線の中にいた。

彼の大きな手は、他愛もない話をしている間も、常にヴィクトーリアに触れていた。

人目のある場所だからか控えめではあったけれど、ヴィクトーリアの手や肩、腰に回された強い手が、座った椅子ごと引き寄せようとしていたのもわかっていた。

『君を俺のものにしたい――プリンセス』

王女でもない相手を「プリンセス」などと呼ぶ思考がわからなかったけれど、熱の籠もった強い視線が何を求めているのかはわかった。

『私、でも――』

『こんなところで出会うなんて、想像もしていなかったが。こんなことなら、もっと早く王都に戻って来るべきだったな……』

独り言に近い彼の言葉の意味の半分以上を、酔いが回ったヴィクトーリアは理解できていなかった。それでも、はっきりと自分を誘っている彼の掌と視線に、迷いなんて消えてしまった。

そこから、気づけばヴィクトーリアはどこか知らない部屋にいて、逞しい彼の身体にしがみ付いていた。

詳しい内容まで赤裸々に告白することはできないが、真っ赤になってしまったヴィクトーリアを見ればジジが想像するのも簡単だろう。

その後、目が覚めて理性が戻ったヴィクトーリアは自分が何をしたのかを理解し、居ても立っても居られず、その場から逃げ出すことにした――一番近かったジジの家に。

ベッドで眠っていた相手をその場に残したまま。


「……つまり、トーリアは突然恋に落ちたってこと？」

「恋に落ちたわけではないけど！」

真っ赤になりながらの言い訳に説得力がないことは自覚していたが、ジジが淡々と感想を言うのでさらに恥ずかしくなる。

「だって、トーリアだよ？　今までどんな人が寄って来ても綺麗に華麗に躱《かわ》してきたトーリアがだよ？　名ばかりだったとはいえ、元婚約者にだって隙《すき》のひとつも見せなかったトーリアがだよ？」

改めて言われると、ふたりも婚約者がいた割には本当に堅く、男性に対して鉄壁を築いていた自分がおかしかったのかと思えてくる。

「それに君、今まで自分の噂のせいで人に近づくのを怖がっていたじゃない。なのにお人好しで、頼まれれば断れない困った性格だし」

社交界に広まる噂は、二度も婚約を破棄された憐《あわ》れな令嬢、というものだけではなかった。それだけでも充分耳目を集める内容だが、もうひとつは憐れまれるどころか忌避されるようなものだった。

ただ、ヴィクトーリアの家族や数少ない友人たちはヴィクトーリアのそんな噂など信じることがなかったから、ヴィクトーリア自身も気にしないようにしていた。

たとえ、そのせいで学院に入ってからジジ以外の友人ができなくても。

勝手な噂で人から避けられ、おのずと自分からも距離を取り、結果としてヴィクトーリアはひとりでいることが多くなっていった。

「あんな噂本当にくだらないのに。噂の原因のひとつになった私が言うんだから、本当にくだらないのに！」

ジジの言うように、噂の原因のひとつはジジにまつわることでもあった。

学院に入学し、寮で生活することになったヴィクトーリアは、同室になったジジとすぐに仲良くなった。人見知りのきらいのあったヴィクトーリアだが、天真爛漫《てんしんらんまん》で正直者のジジとは波長が合い、初日から打ち解けることができた。

ジジもヴィクトーリアと友達になったことを喜んでくれたのだが、喜びすぎて浮かれた彼女は、その日の夜に寮の階段で転んでしまったのだ。

幸い、お尻を打っただけでたいした怪我もなく、ヴィクトーリアもほっとしたが、しばらくして、ある噂が囁かれ始めた。ヴィクトーリアに近づいた女生徒が、階段から落ちて一生消えない傷を負った、というものだ。

いったいどこの誰の話だ、と思ったし、ジジも同じように呆れて笑い飛ばしていたけれど、ヴィクトーリアの表情は強張ったままだった。

ヴィクトーリアには、幼い頃から言われていることがある――ヴィクトーリアの側にいると不幸になる、と。

ヴィクトーリアはジジにそれを打ち明け、自分から離れたほうがいいかも、と言ったが、彼女は、そんな噂は噂でしかないときっぱりと切り捨て、今でもヴィクトーリアの親友でいてくれている。ヴィクトーリアには、そんな根も葉もない噂は信じないと言い、怒ってくれるジジがいるだけでも幸せだった。

誰がなんのためにヴィクトーリアの悪い噂を流しているのかはわからないし、関わりたくないから知りたいとも思わないが、そんな噂に加え、二回も婚約を破棄されたヴィクトーリアの評判は、下降の一途《いっと》を辿っている。

そんな中で起こった昨夜の出来事に、誰よりヴィクトーリア本人が一番驚き、戸惑っていた。

「それで、肝心の相手は誰なの？」

ヴィクトーリアの噂のことで怒りを思い出した様子のジジだが、顔を赤くしたヴィクトーリアを見てそんなことはどうでもいいか、とからかうような笑みを浮かべて言った。

「え……っと」

ヴィクトーリアはそれに即答できなかった。

「知らない人？　あ、現実に戻って好みでないことにショックを受けたとか？」

戸惑うヴィクトーリアの心を軽くしようとしてくれているのか、わざとからかうような口調で言ってくるジジに、ヴィクトーリアはますます狼狽《うろた》える。

言いづらい――

「いえ、そんな、わけでは――」

何しろ、外見だけを言えば極上だった。

「あ、もしかして好みだった？　どんな人？　ヴィクトーリアの好みのタイプなんて、初めて聞くなぁ」

「その……好み、とかでは……」

楽しそうなジジにヴィクトーリアはさらに口ごもる。ヴィクトーリアは、相手をしっかり覚えていた。忘れるはずなどない。強《したた》かに酔っ払っていたとしても、忘れられる存在ではなかった。

期待に目を輝かせているジジを見て、ヴィクトーリアは申し訳なくなってくる。

名前を告げた後のジジの反応が、容易に目に浮かぶからだ。

それでも、ここまで迷惑をかけておいて答えないという選択肢はなかった。

ヴィクトーリアは覚悟を決め、強く目を瞑《つむ》り、躊躇いつつも口を開いた。

「……レオナルト」

「——え？」

「——レオナルト・アイブリンガー」

「…………はぇ？」

気の抜けたようなジジの声に、ヴィクトーリアはそっと目を開けた。

そこには、驚愕に目を見開く親友がいて、珍しい顔だ、と呑気にもそう思ってしまった。

その直後、ジジは叫んだ。

「——騎士じゃない!!」

まるで罵倒《ばとう》するような叫び。

やはりそういう反応になるわよね、とヴィクトーリアは強張《こわば》った笑みを浮かべるしかなかった。


レオナルト・アイブリンガーは有名人である。

彼はヴィクトーリアより五、六歳くらいは年上で、ヴィクトーリアが入学した頃にはすでに卒業していたから学院内で実際に彼を見かけたことはない。けれど、社交界に身を置く貴族として、彼のことや彼の家のことは常識として知っていた。

アイブリンガー家は代々騎士を輩出している一族で、生まれる子供は灰青色の髪と深い青色の瞳を持っていた。皆、容姿端麗な上に成績も優秀で、どこへ行っても人だかりができていたと聞く。

学院卒業と共に正式に騎士団に入団し、辺境騎士団に配属されてからはほとんど王都に戻っていないらしく、最近は彼の噂は聞かなかったのだが、その代わり、レオナルトの兄であり、近衛騎士のクラウスが先日結婚したそうで、社交界ではその話でもちきりだった。レオナルトの弟で三男のグレイルもまだ騎士見習いではあるが、騎士団の一員である。

容姿のよく似たこの三兄弟は、常に社交界でも学院でも噂の中心にいた。もちろん、ヴィクトーリアとは対極にある噂ばかりだ。

騎士の任務は危険が付きまとうため、貴族の結婚相手としては敬遠されがちなのだが、容姿の整った彼らは令嬢たちからの熱い視線がなくならない。

国を護る名誉な職業でもある騎士は、とても人気が高いのだ。

騎士に好かれたら逃げられない、という恐ろしい噂はあるものの、それだけ評判も見目も良い彼らなら、女性と遊ぶことにも慣れていて当然だろう。

その証拠に昨日、結婚披露の場に現れてから、彼の周りには女性たちが群がっていた。そのひとりひとりに愛想よくしていた姿は、「女たらし」という表現がぴったりだと思うのに、彼を取り囲む女性たちは誰ひとりとして彼を貶めるような態度は見せない。それどころか、うっとりとした顔をしていたのを思い出す。よほど女性の扱いに長けた人なのだとわかる。

わかっていたのに、その彼にまんまと篭絡されてしまったのだ。

レオナルトからすれば、あまりにも簡単な女だっただろう。遊ばれたと言ってもおかしくない状況だった。ただ、遊びと言えど、昨夜は相当激しかった。騎士の妻は体力勝負、という噂を、身をもって実感した。

だからこそ、なおのこと、恥ずかしくてどこかに埋まりたくなった。なかったことにしたかった。

これまで異性に惹かれたこともなければ、あんなはしたないことをするつもりもなかったヴィクトーリアとしては、まさに酔っ払っていた自分がおかしかった、と言うしかない。やはり、自分で思う以上に、二度目の婚約破棄は堪えていたのかもしれない。

ジジも、レオナルトを知っているのか、その相手はない、とはっきりと顔に書いてあった。

ふたりとも混乱したままだったが、とりあえず体調に問題はなかったので、ヴィクトーリアは自宅に帰ることにした。

一晩無断外泊をしてしまった現実を思い出し、どうやって父に謝ろう、何を言えばいいのか、と帰路の馬車の中でずっと考えていたが、そんなことは自分の家に入った途端に吹き飛んだ。

「――ようやくお帰りか。待っていたぞ、プリンセス」

そこにいたのは、娘に甘い父でも、主《あるじ》一家を心配してくれる使用人たちでもなく、記憶から消してしまいたいと思っていた相手。

レオナルト・アイブリンガーが待ち構えていた。

え、ここ、私の家のはず……間違えた？

一瞬、自分のいる場所がどこなのかわからなくなったヴィクトーリアだが、複雑な顔をしている父や見慣れた使用人たちの顔を見間違うはずもない。

「ここで——何を」

だからプリンセスってなんなの？　とか、自分の家でもないのになんでそんなに偉そうな態度なの？　とか、ヴィクトーリアは混乱の極みにあったけれど、とりあえず訊ねたいのはそのことだった。

忘れ物でも届けてくれたのだろうか、遊びであったのなら放っておいてくれればいいのに、間違っても責任などという言葉は絶対に口にしないでほしい、といろいろ願うヴィクトーリアだったが、その気持ちは彼にはまったく伝わっていないようだった。

ヴィクトーリアの問いに、レオナルトは当然と言わんばかりの態度で答えたからだ。

「結婚を申し込みに来たんだが？」

それこそが、ヴィクトーリアが想像していた中で、一番聞きたくない言葉だった。

ヴィクトーリアは治まったはずの二日酔いが復活したような気持ちの悪さを覚え、倒れてしまいたくなった。

＊

「――結婚しようと思う」

レオナルト・アイブリンガーは、騎士団の営舎の、自分たちに充《あ》てられた執務室に戻るなり仲間にそう告げた。

元々は、執務室の予備として作られた部屋だったが、今は、辺境に赴任《ふにん》している騎士団員が王都に戻った時の休憩所や集合場所になっている。そこには数人の部下や従騎士たちがいたのだが、レオナルトの声を聞くなり全員が顔を顰めた。

「いったい――何を言い出したんで？」

最初に口を開いたのは貴族だったが、王都からほど遠い辺境に長くいると、言葉遣いがどうしても崩れがちになる。そんなことが気にならないくらいにはレオナルトも辺境に慣れていた。

十八歳で学院を卒業した後、騎士見習いとして辺境騎士団に配属され、以降も王都の近衛騎士団に異動することなく、ずっと辺境にいるから当然ではある。

辺境と聞くと、皆、田舎の農村部よりも鄙《ひな》びた場所を想像するようだが、レオナルトの守っている砦《とりで》、サウラン砦は、国で一番大きな湖であるガダル湖の近くにあり、国境と隣接した国防の要でもあるが、立派な交易都市だった。輸入品も当たり前のように店先に並んでいるものだから、露店などは王都よりも賑《にぎ》わっているかもしれない。

そのサウラン砦の辺境騎士団の団長であるレオナルトは、今年で二十八歳になるがこれまで結婚を考えたことはなかった。

決して女性が嫌いなわけではない。自分にはない柔らかさを持つ女性は好きだった。さらに言えば、気持ちのいいことも大好きだった。

騎士団に入団する前、社交界でも学院でも女性は常に側にいたし、いわゆる大人の付き合いをしてくれる相手にも不自由はしなかった。遊びでもいい、と令嬢たちに願われることも少なくなかったが、レオナルトもその辺の常識は持っていたから、のちのちに問題にならなそうな女性だけを相手にした。

辺境では数々の浮名を流してきたが、別れ際に揉めたこともない。割り切った関係を望む女性のみと一夜だけの情事を楽しんできた。

そんなレオナルトがいきなり「結婚」などと言い出したものだから、皆呆れ半分、疑い半分で彼を見ている。その視線を受け止め、レオナルトが口を開きかけた時、勢いよく執務室の扉が開いた。

「あ――団長！　昨日はどこにいたんです!?　てっきり王都の実家に戻られたものと思っていたのに――」

ゼン・ハーヴィだった。

レオナルト付きの従騎士で、付き合いが一番長いこともあってか、言葉遣いは丁寧でもレオナルトの扱いは一番ぞんざいだ。

「木蓮亭《もくれんてい》だ」

あっさり答えたレオナルトに、その宿を知る全員が納得したように頷いた。

木蓮亭は安い宿ではないが、格式が高すぎるということもない。

従業員教育が行き届いており、ある程度の支払い能力が求められるものの、秘密裏に行動したい時には打って付けの宿だった。

ゼンはその答えに眉を顰める。

「──まさか、ひとりで泊まられたわけじゃないですよね？　あ、王都で娼婦を──」

「いや、待てゼン」

娼婦と遊んでいたのかとあたりを付けたゼンの言葉を止めたのは、他の騎士だ。

彼らは何故か真面目な顔をしている。

「お前が来る前に、団長は突拍子もないことを言ったんだ……」

レオナルトの問題発言を耳にしてしまった彼らは、「まさか」「そうなのか？」「相手は？」と当事者であるレオナルトそっちのけで確認し合っていた。

そのことに理解が追いつかないゼンが訴える。

「いったい、なんです？　そもそも、どこかへ行くなら行き先を教えてもらわないと困るんですよ、何かあった時に──」

他の者たちでさえ、さっきの言葉は聞き間違いではなかったのか、ともう一度顔を顰めた。

ゼンは耳を疑うといった様子で呆然とした。

「――は？」

「結婚すると言ったんだ」


「いったい、なんでそんなことになったんで？　王都に戻って来た時には、しばらく実家で大人しくしていなければならない、と愚痴《ぐち》ってませんでした？」

「いや、多少遊びに行きはしたんでしょう？　夜会にでも出て、未亡人の方々に遊んでもらったんじゃ？」

「遊んでなどいないさ。王都では家族の目が光っているからな……社交界の集まりにも出たが、いつも通り愛想よくご令嬢たちの相手をこなしてきた――が、俺は見つけてしまったんだ」

誰を、というのは全員の気持ちだった。

部下たちを前に、レオナルトは昨日の奇跡のような時間をもう一度思い出し、堪能する。

「素晴らしい女性だった……。一目で惹きつけられた。美しいのはもちろんだが、何より……」

レオナルトは衝撃にも似た出会いから一夜を共にしたすべてを語ろうとして、うまく言葉が出て来ない自分に驚いた。それでもどうにか伝えたいと無意識に手を動かした。

美しい肢体《したい》だった。

細い肩に、豊満な乳房。細い腰からなめらかな曲線を描く臀部、そして太もも。

少ししっとりとしていた肌は、レオナルトの手を一瞬たりとも放さなかった。

ああ、あの柔らかく、素晴らしい弾力を持つ、この手が摑むのにちょうどいい――

「その手を止めろ!!」

バシっと強く手を叩かれ、レオナルトは、はっと妄想から戻った。

遠慮も何もないゼンの攻撃だったが、ゼンが止めなければ他の部下がそうしただろうことは冷ややかな視線からもわかった。

どうやら、人前でするべきではない動きを再現していたようだ。

そんなことはまあいい、とレオナルトは話を戻した。

「彼女は――ヴィクトーリア。俺の、ヴィクトーリア・シュペールだ」

その名前に、部屋の中にいた者の表情は二分された。

彼女をよく知らず首を傾げる者と、知っていて顔を強張らせる者とにだ。

「彼女が、俺のプリンセスだ」

その言葉に、全員が何も言えなくなった。

レオナルトのプリンセス。

それは、辺境騎士団であれば誰もが知っている、レオナルトの理想の女性だった。

昔からレオナルトは、プリンセスと結婚したい、と公言していた。それを探すために数多《あまた》の女性と付き合っていると言っていた。

　本当に王女に手を出したいというわけではない。王都でも有名なアイブリンガー家の次男であるレオナルトは、うまくすれば王族も伴侶として望めるだろうが、そういう意味ではないのだ。つまりは、理想の女性をプリンセスのように甘やかして愛したい、というレオナルトの子供のような願望のことだった。

　だから「プリンセス」という言葉が出た時、誰もが彼が本気であると理解した。

　しかし、そのことと今の状況は別の問題だ。悪い予感がしたゼンは、頭を抱えながら訊いた。

「……えっと、待ってください、団長。つまり、昨夜、貴方はそのヴィクトーリアと」

「ずっと一緒にいた」

　レオナルトは何も隠すことではないというふうに即答する。

「……なら、どうして今ひとりなんです？　団長のことだからそんな人と離れるなんてあり得ないでしょう？」

　出会ってしまったら二度と放さないに違いない。

　レオナルトの性格を知る誰もが、ヴィクトーリアを憐れんだが、それがレオナルトだ。仕方がないと受け入れてもらうしかない。

「起きたらいなかった」

「そんな大事な時にも団長の寝汚さが!!」

それはレオナルトの、唯一の欠点というか、困ったところだった。

行軍中や訓練中は、どんな状況でも寝られるし、少しの物音でも目を覚ますことができるレオナルトだが、それ以外――私生活では、呆れるほどの寝坊魔だった。

休日は起こしに行かなければまず目を覚まさない。

任務中はいくらでも徹夜できるというのに、仕事から離れた途端、一日中だって寝ていられる寝汚さを持っているのだ。

「つまり――逃げられたんですね？」

「そんなはずはない」

どうりで営舎にひとりで来て突然「結婚」なんてことを言い出したはずだ、と部下たちは納得したが、レオナルトは何故か否定している。

つまりレオナルトは、自分のプリンセスとなる女性に出会ったというのに、寝ている間に逃げられて、求婚するための宣言を部下にしに来たという訳だ。

「別に俺は宿を出た足で直接彼女のところに行ってもよかったが、皆には伝えておきたかったからな。王都にいるのは一か月ほどだろう。辺境に戻る時には彼女を連れて行きたいから、お前たちにもフォローしてもらわねばと――」

「――待て！　待ってください よ！　ちょっと早すぎませんか!?　ヴィクトーリア・シュペールは貴族の令嬢でしょう？　そんな犬猫をもらうような手軽さで結婚して、しかも辺境に連行だなんて！」

レオナルトの勝手な言い分を遮ったゼンの言葉には、部下の全員が頷いた。

「こっちにいる間、団長は休暇みたいなものですが……それでもどうやって彼女、ヴィクトーリアと出会ったんです？　どうして突然そんなことに？　確か昨日は知り合いの知り合いの結婚式だとかよくわからないものに出席すると言ってませんでしたか？」

「ああ、そこで出会ったんだ――というより、誘えと言われたんだが」

「――はぁ？」

レオナルトはそこで、辺境から王都へ戻って来た理由を改めて思い出した。

レオナルトは、辺境が好きだった。

隣国と接しているため王都にいるより緊張感はあるが、珍しいものがたくさん集まる場所だし、雄大なガダル湖で泳いだり寛いだりするのを何より気に入っていた。

華やかな社交界が嫌いなわけではない。今だって、どんな集まりにも出席できる自信はある。

ただ、辺境には王都にはない自由があり、それが自分に合っている、と思っているのだ。

そのため、辺境に配属されてから、王都の実家に帰ったのは両手の指で足りるほどの回数しかなかった。

しかしながら、今回はどうしても帰る必要があった。

兄の結婚式があったからだ。

さすがに、家族の婚礼に欠席するわけにはいかない。溜まっていた休暇をここでまとめて使い、久しぶりに王都に戻ってゆっくりしようと思っていたところだった。

その兄の結婚式で、旧友に頼まれたのだ。

旧友の親戚が今度結婚するのだが、その親戚には少し前まで婚約をしていた女性がいて、その女性にはあまり良くない噂があるのだと言う。

旧友が言うには、元婚約者のその女性は振られた立場だというのに、何故か結婚式に出席するらしい。もしかすると、そこで何かしでかすつもりなのではと心配になって、女性の扱いに長けたレオナルトに、結婚式の間、彼女を引き付けていてもらいたい、ということだった。それが、知らない誰かの結婚式に出席した理由である。

その元婚約者が、ヴィクトーリアだ。

レオナルトは、最初はただ興味本位で彼女に近づいた。

良くない噂がどんなものかは知らなかったが、振られた相手の結婚式に出る図太い神経を持った女というのを面白く思ったから、顔を見てみるくらいなら、と気軽に出かけたのだ。

だが、そこで運命と出会ってしまった。

彼女を見て、話して、触れて、俺のプリンセスだと感じた。

いったい、彼女の何がレオナルトを惹きつけるのか、よくわからない。

艶のある美しい赤毛。その髪の色にぴったりな翠の瞳に見つめられたら動けなくなる。

少し下がった右目の目尻の下にはまるで涙のような黒子《ほくろ》があり、彼女の色香を引き立てているようだった。すまし顔をしているのに、異性の視線を釘付けにする妖艶な魅力が彼女にはある。

彼女をもっと知りたくなって、情けなくも酒に頼り、彼女を手に入れた。

ヴィクトーリアの身体は素晴らしかった。

アイブリンガー家に伝わる閨房指南書を十五歳でマスターし、そこに書かれていた手練《てれん》手管《てくだ》を様々な女性に試し、もう向かうところ敵なし、とまで思っていたレオナルトだったが、自分の世界の狭さを思い知ることになった。ヴィクトーリアはこれまでの女性とまるで違っていたのだ。何度求めても、どれほど吐き出しても、欲望が尽きることはなかった。

やはり彼女が、俺のプリンセスだ。

消えた彼女が何を考えているのかはわからないが、プリンセスを手放すという選択肢は存在しない。これまで女性に追いかけられることが常だったレオナルトだが、追いかけるのも新鮮で楽しそうだ、と知らず頬が緩んでいたようだ。

「――その顔、やめてもらえませんかね？」

「――む」

嬉しくて笑っていたはずだが、あまり見られてはならない表情だったようだ。

「それで、そのヴィクトーリアに――求婚されるんで？」

「そうだ。これから、シュペール家に行ってくる」

頷きながら答え、レオナルトは意気込んで続けた。

「プリンセスの返答次第では、彼女を連れてすぐに辺境に戻るかもしれないからな。そのつもりでいてくれ」

「はぁ……がんばってきてください」

だが部下たちの返事は気の抜けたものだった。

レオナルトは、そんな反応などまったく気にすることなく颯爽《さっそう》と執務室から出て行った。

部下たちは、そんなにうまくいくだろうか、と心配そうな目でその背中を見送っていた。

2章

こんな状況、誰が予測しただろう？

どうして昨夜、もしくは今日の早朝のうちに這ってでも帰宅しなかったのか。ヴィクトーリアはこれほど後悔したことはなかった。しかし、自分は昨日から後悔しっぱなしだ。心配しているだろう父に言い訳をする前に、別の言い訳をしなければならない相手が現れた現実をどう考えるべきか。先にどちらの対応をすればいいのか。父か、彼か。

一応考えてみたが、選ぶべき答えなど決まっている。

客人を、しかもヴィクトーリアに求婚しに来た男を、放置しておけるはずがない。仕方なく、ヴィクトーリアは父に助けを求めた。

「ごめんなさいお父様、支度をしてくるからそれまで……」

「ああ、わかった。サロンで待っていよう」

父は言いたいことを理解してくれたようだ。

きっと、ヴィクトーリア以上に言いたいことがあったはずなのに、ひとまずすべてを呑み込んでくれたのだ。

「アイブリンガー殿、どうぞこちらへ……見ての通り、娘は今帰宅したばかりなのでね」

「……わかりました」

父に促され、客間として使っているサロンルームに向かったレオナルトだが、その目は、『こんな時間までどこへ行っていた』とヴィクトーリアを追及しているように見えた。

ヴィクトーリアはその目を直視することができず、逃げるように自室へ飛び込んだ。

使用人に新しいドレスを用意してもらい、借りたジジの服を脱ぐ。

ジジの家でお風呂に入っていて良かった――

着替えるだけなのでそれほど待たせることもないだろうと、ヴィクトーリアは華美でないいつもの服に着替えた。

もちろん、今の自分の身体を誰かに見せるなんて愚かなことはしなかった。たとえ使用人にであっても、こんな恥ずかしい身体を見られたら、裏でなんと言われることか。

幸いなことに、ヴィクトーリアは服くらいひとりで着られる。

そもそもいつも着ているのが、格式ばったドレスではなく、平民よりも質の良い生地を使っているというだけの簡素なドレスだからだ。

父は貴族でありながら商売をし、それを成功させて莫大な財を築いたが、使用人たちは家宰が回るだけの最低限の人数しかいない。貿易の実務をしている店のほうが、従業員を多く雇っているくらいだ。

ヴィクトーリアは薄く化粧をして昨夜の痕跡をすべて消した後、深く息を吐いた。

どうしてこんなことになったの――

という後悔しか込められていないため息だが、このまま慣れ親しんだ自分のベッドに飛び込んで、すべてを放棄《ほうき》するわけにもいかない。何より、このような事態に陥ったのは、自分の責任でもある。だから怒りの矛先《ほこさき》を見つけられず、なおさら苛々が増すのだ。

そもそも、結婚に興味のないヴィクトーリアに求婚するなんて、何を考えているのか。

貴族として、騎士として、責任を取ろうとする姿勢は正しいのかもしれないが、ヴィクトーリアにはありがた迷惑でしかない。恥ずかしい記憶ではあるけれど、もう過去のこととして扱いたかったのに――。仕方ない、と消極的に決意をし、死地に赴く戦士のごとく、もっとも顔を合わせたくないふたりが待つサロンルームへと向かった。


サロンルームは窓を大きく取っているため、冬に近いこの季節でも暖かく感じられる。

客を迎えるのに相応しい部屋だ。

シュペール家は何代も前から王都のこの屋敷に住んでいるが、父が内装を一新したおかげでとても快適に過ごせている。社交界はもちろん、父の仕事関係の者たちが集まることも多いので、このサロンルームには一番力を入れていた。

そのドアの前まで来ると、ふいに声が聞こえてきて、思わず立ち止まり耳をそばだてる。盗み聞きなんてはしたないと思ったが、ヴィクトーリアが聞き捨てにできない単語が聞こえてきたから仕方ない。

「――許可はいただけると？」

レオナルトの声だった。

なんのことか、と一瞬考えたものの、彼がこの状況で父に許可を請うことなど、ひとつしかないはずだ。頬が熱くなり思わず両手で押さえる。

しかし父の返事はあっさりしたものだった。

「当家は子供たちを自由にする代わりに責任を持たせていてね、何をするにしても、本人が決めたことなら口出しはしないことにしているんだ」

「つまり――？」

「結婚についても、ヴィクトーリアが決めたなら、私の許可を取る必要はないということだ」

「では――」

「ヴィクトーリアが決めたなら、だ」

「……なるほど」

レオナルトの声は低かったが、怒っているわけではなさそうだった。

それに対する父の声も冷静だ。少々強気な声色でもある。ヴィクトーリアはその言葉を聞いて、胸が熱くなった。

父は、いつも家族のことを考えてくれている。いずれ父の跡を継ぐ約束をしている兄も自由に過ごさせ、社交界で不名誉な噂の絶えないヴィクトーリアのことも辛抱強く見守ってくれている。こんな父を持って幸せだ、とヴィクトーリアは心が温かくなった。

しかし次いで聞こえてきたレオナルトの言葉に、緩んでいた表情が固まる。

「わかりました。つまり、自分で口説き落とせばいいということですね」

「――ヴィクトーリアの心は私のあずかり知らぬところにあるよ」

自由と責任。

それは子供の頃から言われてきたことだった。自分のことは自分でしなければならない、というのがシュペール家の家訓である。

こんな事態に陥った責任はやはり自分で取らなければならない。

覚悟を決めて三度ドアをノックし、ヴィクトーリアはサロンルームに踏み込んだ。

「――お待たせいたしました」

さも今到着したように、父とレオナルトに涼やかな表情で一礼する。

貴族としても学院でも、マナーは一通り学んできたから完璧に見えるはずだ。

「ヴィクトーリア、お前は彼を――レオナルト・アイブリンガー殿を、知っているんだね？」

ヴィクトーリアはそれに頷いた。

「はい。昨日のエルトン家の婚礼でご挨拶をさせていただきました」

「そうか――彼はお前に用があるようだ。私は席を外そう。聞いてあげなさい」

「はい、お父様」

父はレオナルトに目礼をして出て行ったが、妙齢の男女ふたりを残していくのだ。サロンルームの扉は開けたままだった。

いつもなら娘の立場を気にしてくれる父に感謝するところだが、今回ばかりはどんな噂が立とうとも閉めていってほしかった。それほどに、彼との話を聞かれたくなかった。どうにもならない困惑と苛立ちにため息を吐きたくなる。昨日起こった出来事について、ヴィクトーリアはなかったことにならないか、と考えているのに対し、どう見てもレオナルトの考えは正反対のようだからだ。

ヴィクトーリアは改めてレオナルトに向き直った。

「プリンセス」

相変わらず、どうしてそう呼ばれるのかわからない。

ヴィクトーリアは困惑しつつ、レオナルトの顔を見て失敗したとも思った。

レオナルト・アイブリンガーは、辺境にいながらも王都で噂になるほどの美形である。

三兄弟が揃うと圧倒される、と言っていたのは誰だったか。

本当に、昨日の私は何を考えていたの――？

もちろん、酔っ払っていたのだ。でなければ、この美貌を前にしてあんなことやこんなことができるはずがない。自分の身体に残された痕跡を思い出し、顔から湯気《ゆげ》が出そうになったが、必死に冷静さにしがみ付き、レオナルトの前のソファに座る。

「それで——あの」

レオナルトはヴィクトーリアがサロンルームに入って来た時に、礼儀正しく立ち上がっていて、ヴィクトーリアが座ると同時に腰を下ろしたが、それは何故かヴィクトーリアの隣だった。ローテーブルを挟んだ反対側にいたはずなのに、言葉通り、瞬く間に隣に移動していたのだ。

驚いて声を失くしていると、間近に迫ったレオナルトが遠慮も何もなくヴィクトーリアの腰を引き寄せる。さらに顎《あご》を指で掬《すく》い上げ、視線を合わせてきた。

「どこに行っていたんだ？」

「——えっ」

この状況は何!?

驚いていたせいで反応が遅れたものの、ヴィクトーリアはふたりの体勢に気づき、慌てて離れようとする。

しかし悲しいかな、力で敵うはずもなかった。

「な、な、なんです!?　放してください！」

「なんですではない。どこへ行っていたのか、と聞いている。あの後すぐに家に戻ったものと思っていたのにここへ来ても君はいない。どうして護衛を付けなかったのかと、俺は

あれほど後悔し自分を罵《ののし》ったことはない」

「え、え？　あ、あの、近い、近いんですが！」

冷静さなど一瞬で吹き飛んだヴィクトーリアはまるで抵抗する猫のようにレオナルトの肩を両手で突っぱね、できるだけ身体を離そうとするが、自分の腕が震えるだけだった。

間近に彼の顔を見て、恥ずかしいやら戸惑うやらで忙しいのに、レオナルトはこの距離になんの問題もないと考えているのか、自分の意見だけを押し通してくる。

「俺を心配させた罰だ、プリンセス。ここで押し倒さないだけありがたく思え」

思えるか！

言い返したかったけれど、あまりの至近距離に声も出せなかった。

「――プリンセス、昨日とは違う匂いがするな……どこで何をしてきた？」

匂いって何？　私、臭い!?

レオナルトの発言に振り回されてばかりだったが、ヴィクトーリアは必死に理性をかき集めて言葉を繋げる。

「ジジの……友人の家で、休んでいたので！」

そこでお風呂にも入ったのだから、臭いはずがない。

臭くないよね、とヴィクトーリアは自分を嗅いで確かめたかったが、レオナルトに拘束されて身動きひとつ取れない。

「どうしていなくなった？」

どうして彼は答えづらいことばかり聞くの？

ヴィクトーリアは、こんな状況でありながら余裕の表情で口端を緩めているレオナルトを恨めしく思った。

まるで、なんだか、弄《もてあそ》ばれている玩具《おもちゃ》のよう――

本当に彼がそんな気持ちでいるのなら、もう二度と会わなくて済むように部屋に引き籠もろうと決意する。ヴィクトーリアは整った顔の威力に負けないように、眼差しを強くした。それが睨《にら》むようになってしまったのは、仕方のないことだ。

「どうして、って、私は、その、そもそも、そんなつもりは――」

異性と関係を持つつもりはなかった。

結婚の予定もなく、誰かと名ばかりの婚約をすることももうないと思っていた。

そして女性に慣れているに違いないレオナルトにとっては、ヴィクトーリアとのことは一夜の情事のつもりだったはずだ。

結婚前に身体を重ねることは、貴族社会では褒められたことではないが、公にならないように気を付けつつ、気安く快楽を求める者たちは少なくない。

婚約者同士の場合であればなおさら、そのような関係になるのはおかしくなかった。もちろんヴィクトーリアの婚約は意味合いが違うので、そんな雰囲気に陥ったことなどなかったが。

ヴィクトーリアは相手の重荷にならないよう、少ない言葉で伝えたつもりだったが、レオナルトはすっと目を細めた。口元の笑みは消えていないのに、眼光だけが鋭くなったようで、ヴィクトーリアはますます身が縮こまる思いがした。

「――そんなつもりはなかった？　つまりプリンセス、君は昨日のことを、ただの遊びだったと？」

遊びだったのはそっちでは、と言い返したかったが、彼の視線が鋭すぎて動けなくなってしまったヴィクトーリアは声すら出せない。

何やら、怒っているようにも思える。

もしかしたら、レオナルトは責任感の強い人なのかもしれない。

昨日、ちらりと見ただけでも女性のあしらいに慣れているようだったから、遊ばれたのだと勝手に決めつけていたが、実は律儀な人だったのかも。

そう思うと、外見や噂で判断していた自分が恥ずかしくなってくる。

「君は昨日、俺を弄んだと言うんだな？」

「――なっ⁉」

「なんて小悪魔なんだプリンセス。俺の気持ちを振り回し、喜ばせてから地に落とす。君はもしかして、男をからかって楽しむような趣味を持っているのか、プリンセス」

「――な、なななっ⁉　そんなわけないでしょう！」

今すぐに、その聞くに堪えない悪言を紡《つむ》ぐ口を塞《ふさ》いでしまいたいとヴィクトーリアは大声で言い返した。至近距離で叫んだにもかかわらず、レオナルトは小鳥の囀《さえず》りを聞いたような反応をしてヴィクトーリアを見つめている。

「しかし、昨日の状況からするとそうとしか思えないだろう。まったく、君がそんな女だったなんて……だが俺はそんな女に堕ちてしまった憐れな男のひとり――いや、ひとりだろうな？　他にも候補がいるなどという戯言《ざれごと》はさすがに聞けないぞ」

「ひっ――」

これまでの鋭い視線なんて可愛いものだった、と思えるほどの恐怖がヴィクトーリアを襲った。

なんでそんなに、怒っているの……？

レオナルトの反応はまったく予想がつかない。この状況すら理解の範疇《はんちゅう》外にあるのだから、混乱しっぱなしのヴィクトーリアには正直に答えることしかできない。

「ほ、他には誰もいません……って貴方は知っているでしょう！」

ヴィクトーリアがこれまでふたりも婚約者を持ちながら清い身体だったことは、他の誰でもないレオナルトが一番よくわかっているはずだ。

するとレオナルトは、しれっとした様子で、余裕を取り戻した。

「純潔を散らしたのは確かに俺だが、一応確認しておくべきだろう――よ、っと」

「え、えっ!?」

レオナルトはなんでもないように答えてから、あまり力を込めた様子もなくヴィクトーリアの身体を軽々と持ち上げて、そのまま子供のように自分の膝の上にのせた。

一瞬、自分の置かれた状況がわからずびっくりしたまま固まってしまうが、身体がさっきよりも密着していると気づき、慌ててそこから逃げようとした。

とにかく、逃げ出したかった。

いったい、なんで、こんな体勢に!?

「暴れるんじゃない。騎士の婚約者の定位置は、膝の上と決まっている」

「――そんな馬鹿な!」

常識とばかりに言われたが、さらりと聞き流せるような内容ではなかった。

しかし、先ほどよりもさらに踏ん張って力を入れても、レオナルトの拘束からは逃れられる気配がまったくない。微塵もない。

なんて馬鹿力なの!?

これは男性であっても容易には抜け出せないだろう。ヴィクトーリアが非力なのではなく、相手が強すぎるのだ。顔を赤くして一生懸命抗《あらが》っているヴィクトーリアを見て、彼は子猫の抵抗を笑っているかのような顔をしている。必死になっている自分が馬鹿に思えてきた。

とりあえず抵抗を諦め、それでも気持ちでは負けたくない、とじろりとレオナルトを睨めつける。だがレオナルトはその睨みを受けても楽しそうに笑うばかりだ。

「それで、返事は?」

「――え?」

「俺は求婚しに来たんだが。シュペール卿、君のお父上は、君の返事次第だと言った。君がうんと言えば、このまま教会に行く準備はできている」

なんの準備って言った!?

言い返したかったが、人間、驚愕しすぎると声も出てこなくなるようだ。

自分はなんらおかしなことを言っていない、という態度のレオナルトを見ていると、ヴィクトーリアは自分のほうがおかしいのだろうか、と不安になってくる。

しかしそんなはずはない、せめて意思をしっかり持つべきだと冷静になろうと努力する。

「……返事なんて……いったい何をどう考えたらそんなことになるんです？　そもそも、教会なんて私はそんなつもりは。本当に、昨日のことは、事故というか、そう、酔った末の過《あやま》ち、というか、そういうもので」

「プリンセス」

言いながら恥ずかしくなってくる。口ごもりながらもどうにか理解してほしい、と言葉を紡ぐヴィクトーリアの唇に、レオナルトの長い指がちょいと触れる。

レオナルトの目が、いつの間にか真剣になっていた。

「俺に丁寧な言葉で話すことはない。畏《かしこ》まる必要はないんだ」

「でも――」

「夫婦の間柄で、他人行儀になる必要もないだろう」

「――まだ結婚してないけど!?」

「すでにお互いの身体のことは隅々まで知っている関係じゃないか」

「だからそれは忘れて!?」

「俺は昨日、夢の中まで君でいっぱいだった。わざわざ俺の夢の中に来てくれたんだろう?」

「そんな出張してないわ!?」

「だというのに目を覚ますとひとりで放置されていた。俺に追いかけてほしいという意思表示ははっきりと受け取った」

「そんな意思表示してない!」

「君は甘かった、プリンセス。あんなに甘いものを喰ったのは、初めてだ」

「何が甘いの!?」

もう嫌だ、とヴィクトーリアは泣きそうになっていた。

物心付いた頃から、ヴィクトーリアは泣いた記憶はあまりない。最後に泣いたのは、母が亡くなった時だろう。あまりに泣くので、周りが心配しすぎて大変なことになり、以来、ヴィクトーリアは泣くのをやめたのだ。

冷静さを身に着けて、どんな状況でも慌てないように周りに気を配るようになった。自由を許してくれる父に対し胸を張っていられるような真面目な令嬢——それがヴィクトーリアだった。不名誉な噂にも振り回されない、それが自分であるはずだった。

なのに、これはどういうことだろう。

こちらの神経を逆なでして楽しんでいるとしか思えない相手に、どう対処していいかわからない。

もうどうにかしてほしい。

レオナルトの膝の上という状況にも嫌気が差しているのだ。

するとふと、その手がヴィクトーリアの頬を包んだ。

「本当に、甘いものなのか、もしかして俺の記憶違いなのか……確かめなければ気が済まない」

「何を――」

「プリンセス、君は何でできているんだ？」

「――」

だからプリンセスってなんなの？

それに自分は人間以外になんてなったこともない、と言い返したかったのに、微かに開いた唇はあっという間に塞がれてしまった。

「――ん」

自分の口の中に、熱くなまめかしいものが入っている。

そして我が物顔で蠢《うごめ》き、ヴィクトーリアを翻弄している。

これは、こんな――こんなのが。

ヴィクトーリアはこれが、キスであると思いたくなかった。

ただ、唇を触れさせるだけではない。お互いの唾液が混ざり合い、はしたない音を立てながら、苦しくなった時だけ呼吸をするために唇が離れてはまた隙間もないほどに密着する。こんな淫らな行為がキスであると理解したくなかった。

「んん、ん、ふ、ぁ……」

キスですら、昨日が初めてだったのに、ヴィクトーリアはもう鼻で息をすることを覚えてしまっている。吐息の漏れるような音はいつもの自分の声ではなく、恥ずかしさを助長するだけのものでしかなくて、頬が熱くなるのを止められなかった。

気づけばヴィクトーリアはソファに背中を預けていた。レオナルトが体重をかけないように上から覆いかぶさっている。

「ん、ん、ん……っ」

唇と唇の間で生まれた熱を逃がすように、レオナルトが今度は軽く啄《ついば》むような動きに変える。濡れた唇を、何かを舐《な》めとるように舌で拭《ぬぐ》われると、背中がぞわりと震えた。

ヴィクトーリアは何も考えられなくなっていた。

レオナルトのキスに翻弄され、怒りも羞恥も混乱もわからなくなっていたのだ。

ヴィクトーリアを思うままに操ってしまうレオナルトにただ頬を染め、我が身を任せてしまいそうになったその時、サロンルームにひどく大きな咳払いが響いた。

「う、ぉっほん！」

「―――!?」

その声が、父のものであると瞬時に理解したヴィクトーリアは、自分の置かれた状況を思い出し、赤い顔を瞬時に青くした。

なんで、どうして、こんなことに——

狼狽えて身動きすらできないヴィクトーリアだったが、ソファに倒れているおかげで入り口にいるであろう父からは死角になっていることだけは救いだった。

しかしいつかは顔を見せなければならない。

自分のしていたことが、父に知られた。見られた。

それがこんなに恥ずかしくて、気がおかしくなりそうなことだなんて。

混乱の極みにあるヴィクトーリアに対し、レオナルトは至って冷静だった。

おもむろにヴィクトーリアから離れて上体を起こし、侵入者をちらりと見る。

なんでそんなに落ち着いているの!?

レオナルトを揺さぶって確かめたくなったが、父が口を開くほうが先だった。

「——見たところ、私の娘は混乱しているようだ。結婚は娘の自由である、という言葉は撤回しないが、困っている娘を助けるのは親の務め。トーリアが冷静になるまで、一度離れてみてはどうかね？」

その言葉に、レオナルトは確かめるようにヴィクトーリアを見た。

ヴィクトーリアは、気持ちだけではなく乱れた服装も整えたいと、力なく身体を起こしながら、顔を伏せたまま呟いた。

「……冷静になりたいわ……」

その答えに、レオナルトはなぜか納得してくれたようだ。

「――仕切り直すことにしよう……できればこのまま教会に行きたかったのだが」

「行くわけないでしょう！」

思わず本音を零したレオナルトの不穏な発言に、咄嗟《とっさ》に怒鳴り返してからヴィクトーリアはまた後悔した。

レオナルトは笑っていた。余裕の笑みだ。つまり、ヴィクトーリアをからかっているのだ。

彼の思惑にのってしまった自分が恨めしい。

「では、仕方ない……正しくお付き合いというところから始めてみよう」

「――え？」

それはどういう意味なのか、とヴィクトーリアが顔を上げると、立ち上がったレオナルトが素早くその額に唇を落とした。

「また明日来る、プリンセス――ではシュペール卿、今日はお暇いたします」

「…………」

それは、あまりに自然なキスで、ヴィクトーリアの身体が固まるには充分な衝撃だった。

それを仕掛けた本人は涼しい顔をして、父にきちんと挨拶までしてサロンルームを出て行った。

残された父娘の間に、長い沈黙が落ちた。

しばらくして、衝撃から復活した父が呟いた。

「……よりによって、どうして騎士なんだい？」

「――私が聞きたいわ！」

ヴィクトーリアは、今度は自らソファにくずおれた。


あの状況を見られてしまった以上、もう隠すことはない、とヴィクトーリアは気持ちを落ち着けた後、父に話した。

彼とはアンディの結婚式で出会っただけだが、酔っ払ってしまい、つい流れに身を任せてしまった。後悔している、恥ずかしく思っている、と正直に打ち明けた。

しかし、実のところ相手が騎士であると思い出したのはずっと後のことで、酔っ払って一夜を共にしている時は、相手が誰かなんて深く考えてもいなかったのだ。

「……身を隠す術はいくつか知っているが」

ヴィクトーリアに悪い噂が流れても叱らず、家の面子《めんつ》を気にしてヴィクトーリアを隠すこともしなかった父だが、心身ともに参っている様子のヴィクトーリアを見てそう提案してくれた。

しかし、続く言葉に落胆する。

「――騎士から逃れられるとは思えない」

いったい、騎士ってなんだろう、とヴィクトーリアは考える。

貴族たちからも羨まれる大富豪でもある父は、きっとある程度のことは権力と金の力でどうとでもしてしまえる。その父に、そう言わしめる騎士。

騎士の相手は大変だ、というのは学院の女生徒たちの間でも常識だった。

国のために戦うという名誉ある立場にあり、国民の憧れの的で、礼装姿を見ればどんな女性だって落としてしまえるだろう格別の存在。仕事においては優秀な者たちの集まりであり、誰もが信頼する騎士たちだが、付き合うならば、かなりの体力と忍耐が必要だ、というのはヴィクトーリアさえ知っていた。

そんな騎士が相手なんて、と今回のことはかなりの衝撃を受けていた。

ヴィクトーリアよりも頭を抱えていた父だが、ひとつ息を吐くと、諦めたように笑みを浮かべた。

「――ひとまず、お前の結婚はお前に任せるよ。彼のことは振るなり蹴散らすなり好きなようにするといい」

彼と結婚するという選択肢がひとつもない助言に、父が本当はヴィクトーリアを嫁がせたくないと思ってくれているのがわかる。

「いよいよとなったら、エトヴィンに頼むといい。あいつなら彼をどうにかしてくれるだろうし、駄目でもお前を逃がしてくれるだろう」

「お兄様に……」

思わず、ヴィクトーリアはため息を吐いた。

ヴィクトーリアの十歳年上の兄であるエトヴィンは、騎士である。

近衛騎士団に長く在籍していて、年齢から言ってもレオナルトより年上であるし、正直何をしているのかはわからないが、騎士団の中枢にいるのは知っている。

エトヴィンが騎士でいるのは父の跡を継ぐまでと決まっていた。

三十五歳までは、騎士でいる。その先は貿易業も家も継ぐという約束があった。それまでは兄にも自由がある。結婚相手だって自分で選ぶことができるのだ。

しかしながら、三十歳を過ぎても兄は結婚する気配がない。父がまだ健在であるとはいえ、次世代のことを考えるとそろそろ結婚して後継者を作らなければならないのだが、そんな様子は欠片もなかった。

兄のことは嫌いではないが、どちらかというと自由すぎる彼に頼ることがヴィクトーリアは少し苦手だった。

レオナルトと同じ騎士。

ヴィクトーリアの知っている騎士はこれでふたりになったが、どちらも摑みどころがないというか、自由すぎる。いや、唯我独尊だと言ったほうが正しいかもしれない。

相手の行動を待って、受け流すか避けるかを選択し、必要以上に波風を立てないように生きてきたヴィクトーリアとは正反対なのだ。苦手に思うのも無理はないだろう。

ふたりの騎士がそんな調子なら、もしかして国の誉れと言われる騎士団はそんな人たちの集まり――？

ますます関わりたくなくなってきたヴィクトーリアだったが、父の笑い声に我に返った。

「――お父様？」

「いや、騎士が相手では大変だろうが……トーリア、お前がどう思っているかが一番肝心だと思ってね」

「それは……そうですけど」

父は何故かにやにやと笑ってヴィクトーリアを見ている。

警戒してしまうのも仕方がない、含みのある笑みだった。

「お前は、レオナルト殿が嫌なのかい？　結婚することはもちろん、近づくことすら嫌悪するほどに嫌いか？」

「――――」

その答えを、ヴィクトーリアは言いたくなかった。

しかし父はまだ笑っていた。

「お前が嫌だと言うのなら、彼を遠ざけるために、私は全力で力を貸すが……私が見る限り、お前はそれほど彼を嫌ってはいないように思える」

「そんな――」

はずは、ない。

ないはずだ。ヴィクトーリアが、レオナルトを、嫌っていない、なんて。

だが、自分の気持ちを思い返してみて、ヴィクトーリアは愕然とした。

惑わされて、混乱させられて、怒らされて、泣かされたりもしたが、その中に「嫌い」という感情がどこにも見つからなかったのだ。

そんな――まさか。

自分で自分の気持ちを疑いたくなる。

娘の気持ちを正確に見抜いた父が憎らしくて、睨みつけてみる。

「お父様、ひどいわ」

「ひどいか？　そうか？　しかし、彼は――悪い人物ではない。性格もまっすぐのようだ。

自分に隠すところがないのだろう」

レオナルトを一発で見抜いた父の目は正しいのだろう。

相手を見抜く力がなければ、これほどの財は築けなかっただろうから。

それでもやはり、ヴィクトーリアはまだ素直に頷くことなどできなかった。

「偉そうだったわ」

偉ぶっているのではなく、事実、偉そうだった。

父の言う、「隠すところがない」というのは自分に自信があるからだ、ともとれる。

レオナルトは、よほど自分を信じているのだろう。

「しかし――騎士か……」

笑っていた父だったが、最後にはまた考え込んでしまった。

この父を、こんなにも悩ませる相手。騎士。

父をこれほどまでに悩ませる騎士とはいったいなんなのか。

今更ながら、騎士がまともな職であるという世間の常識を疑い始めてしまうのだった。

＊

「結婚は、なかなか難しいものだな」

営舎の執務室に戻るなり、レオナルトは呟いた。

まだ残っていた部下たちは、そんな団長の様子をじっと見てしまう。

「……振られたのか？」

恐る恐る、といった様子でひとりが聞いた。

信じがたい、と言っているような声だった。

レオナルトは騎士なのだ。しかも、サウラン砦を護る辺境騎士団の団長でもある。

加えて、誰もが羨むこの容姿。騎士の中でも、歴史ある一族として名の知られたアイブリンガー家のひとり。

よほどのことがなければ、どんな女性でもついて来るだろう好物件のはずだった。

部下の問いに、レオナルトは首を横に振った。

「今日中に教会に行けなかった」

「行けるか!!」

部下の全員が叫んだ。

同じ学院を卒業し、同じ家に住んでいる仲間である彼らは、上下関係はあっても気安い間柄だった。

「求婚しに行ったんじゃなかったのかよ！」

「なんで一足飛びに教会なんだ！」

「そもそも、受け入れてもらえたのか!?」

「俺のプリンセスの父、シュペール卿は、結婚は自由だと言った。プリンセスさえ了承すれば問題はないと。だが、彼女は頷かなかった」

「断られたのか？」

レオナルトはまた首を振った。

「――いや、はっきりとした答えは何も言っていないが……結婚前に、付き合うということをしてみようと思う。プリンセスに俺を知ってもらうためにも。そもそも、まだ出会って二十二時間と三十二分五十秒だからな」

「細かい!!」

「いろいろと整理する必要もあるだろう。これから辺境で暮らすんだからな」

「連れて行くことは決定事項か。許可を取れ」

「仕方ないので、彼女に合わせてみることに——デートでもしてみようと思う。が——」

部下の冷ややかな突っ込みは華麗に聞かなかったことにして、レオナルトはそこで一度言葉を止めた。

珍しく真面目に考えている様子を見せるので、部下たちは何があったのか、とその身に緊張を走らせる。

「——ところで、デートとは何をするものなんだ？　また木蓮亭でいいのか？」

「ひとりで辺境に帰れ!!」

また周囲の言葉が一致し、それから口々に上司を罵り始めた。

騎士であっても、ひとりの男だ。想う相手と必ずうまくいくというわけでもない。特に、騎士とはいえ辺境に暮らしているのだから。応援したい気持ちは皆にもあった。

だが、女性にまったく困ったことがなく、デートで距離を詰めていくことすら知らない彼を、男として恨めしく思っても仕方がない。

とはいえ、放っておいたら本当に木蓮亭に連れ込み、今度はヴィクトーリアがうんと言うまで帰さない気がする。部下たちはレオナルトがヴィクトーリアの父に妨害されるのを防ぐため、渋々ながら上司のデートプランを一緒に練ることになった。

プランがあらかた固まった後、レオナルトは部下たちにこう言った。

「プリンセスのことを知りたい——もっと詳しく」

「護衛は？」

「もちろん付けるとも。この先、どんな輩もプリンセスに触れることは許さん」

権力の乱用ではあるが、騎士である以上、レオナルトの言葉に頷かない者はいなかった。騎士の恋は、誰も邪魔をしてはならないからだ。それは、王国創立以来、騎士団に伝わる掟のようなものだった。

そこで、レオナルトの従騎士であるゼンが呟いた。

「ヴィクトーリアのことを調べるのでしたら……まずはエトヴィン様に聞いてみては？」

「エトヴィン？」

「彼女の兄で――近衛騎士団に在籍しておられます。情報部なので表にはめったに出て来られないようですが……」

「騎士の兄がいたのか……」

レオナルトは、自分は本当にヴィクトーリアのことを知らないのだ、と焦《あせ》りを感じた。

これは早急に彼女のことを調べなければ。知らなければ。

ヴィクトーリアのすべてを知りたい。

身体も、心も、すべてだ。

そう決意したレオナルトは、先ほどの素晴らしい口づけを思い出し、味を確かめるように唇を舐めた。

本当に甘かったな――

甘くて、止められない。

一度知ってしまうと、後戻りはできない。
彼女は麻薬のような存在だ、とレオナルトは思った。

3章

　まさか本当に言葉通り来るなんて、誰が想像していたというのか。

「――おはようプリンセス。迎えに来たぞ」

　そう言って、常識的な時間、昼を回った頃にレオナルトが現れた。

　ヴィクトーリアは、昨日、父に無断外泊したことを改めて謝り、ジジに助けてもらったことも伝え、この先はひとりで気持ちを整理して考えてみる、と言ってから一晩しか経っていなかった。

　確かに、レオナルトは「明日来る」と言った。

　しかしそれは社交辞令のようなもので、「冷静になりたい」と言ったヴィクトーリアの気持ちを理解してしばらく時間をくれるものと思っていたのだ。

　常識的に考えて。

　だが、ヴィクトーリアの常識とレオナルトの常識はまったく違うものなのだと、考え直す必要があるのだろう。同じ世界に生きているのかすら、疑わしくも思えてきて頭が痛い。

「王都の外れに巨大な植物園がある。そこへ行って散策する」

ヴィクトーリアを誘いに来たのはわかるが、どうして今日の予定を決定事項のように話しているのか。

彼の思考がまったく理解できないヴィクトーリアを尻目に、変なところで常識的なレオナルトは、後ろに控えていたヴィクトーリアの父に視線を向けて言った。

「日没までには――帰します」

恐ろしく長い溜めがあった。

いつも余裕綽々に見えるレオナルトだが、なんらかの葛藤があったようだ。

結婚も婚約もしていない男女が日没前に帰宅することの、何に葛藤したのか。

あまり深く考えたくなくて、ヴィクトーリアはため息を隠さず父を振り返った。

「お父様……少し出かけてきます」

「うむ、気を付けるように」

父はヴィクトーリアに返事をしつつ、その視線の先はヴィクトーリアではなかった。

誰に言い聞かせているのかは、一目瞭然だ。

ヴィクトーリアは、一度部屋に戻り外出用の服に着替え、外套を羽織った。季節は秋も終わりに近づき、もうすぐ嵐が来るだろう。それが過ぎれば、本格的な冬が始まる。

ヴィクトーリアの外套は深い焦げ茶色で、年頃の令嬢が着るには一見地味なものだった。

しかし、布の質は最上級で寒さをまったく感じない優れものだ。今朝は庭の芝に霜が降りていたから厚手の外套が必要だろうと思い、これにした。

「では、行こう」

レオナルトにエスコートされながら、用意された馬車に乗り込む。そこで初めて、ヴィクトーリアは相手の服装に気づき、目を瞬かせた。

美形すぎるレオナルトと対面すると、いつもその顔に注目してしまうが、その身体もとても引き締まっていてしなやかだ。騎士というだけあり、鍛えているのだろう。貴族らしい服装もとても似合っている。

が、彼が今身に着けている服は、落ち着いたクリーム色のシャツに紺色のズボン、それから履《は》き慣れているらしい長靴のみだ。

それほど広くない車内を見ても、彼の上着らしいものは見当たらない。

「どうした？」

「え、あ……その、貴方の、上着が見当たらなくて……寒くないのですか？」

「別に」

レオナルトは自分の服装を見下ろし、何も問題はない、と返す。

しかし、一度気づいてしまうと、ヴィクトーリアは自分のほうが寒さを感じ始めてきた。

「でも……今日はこんなに寒いのに、風邪を引いてしまうのでは」

「風邪を引いたことは一度もない。これくらいの気温でもこれで問題はない」

これまで引いたことがないからこれからも引かないということはない、と言いたかったが、何を言ってても受け入れてもらえなそうで、それ以上追及はしなかった。

「君のほうこそ着すぎじゃないか？　暑くないのか？」

「——ちょ、ちょうどいいくらいです」

まさかそんなことを言われるとは思っておらず、ヴィクトーリアは目を瞠《みは》る。

しかしレオナルトは実に真剣な目で、ヴィクトーリアの外套を見ている。

まるでその視線だけで燃やされてしまいそうな気がしてきて、ヴィクトーリアは思わず身を捩った。

「……何か？」

「その外套は無粋《ぶすい》だな。どうして君のその美しい曲線を隠す？」

「どうして見せる必要が!?」

真剣な顔をして考えていた内容がそれか、と呆れるやら苛立つやらで、一応それまで丁寧に受け答えしていたヴィクトーリアだったが、そんな優しい態度でいる必要はないと思い直した。

「君が着るには地味だとは思うが、どんな服を着ても君は美しいし、妖艶だな。だが、俺の記憶の中の君の身体が正しいかどうかを確かめるためにその外套を脱ぐといい」

「絶対脱がないわ!!」

むしろ身体に縫いつけてしまいたくなった。ヴィクトーリアはなんとかしてレオナルトから離れようと、狭い馬車の中で身を捩る。

しかし四人ほどで満席になる広さなのだ。

どんなに顔を背けてもレオナルトが視界に入るし、動いている馬車だから逃げ場所などない。

「見ないで！　あっち向いて！　もうずっと目を閉じていていただけないかしら!?」

「なんてひどいことを言う女だ……しかしプリンセスの願いならば致し方ない」

やけくそで言ったことだったが、意外にも素直に聞いてくれてほっとする。

目を閉じたレオナルトを、ヴィクトーリアは思わずまじまじと見つめた。

顔の良すぎる男なんて、嫌いだわ。

それは、彼の嫌いなところを考えに考えて、ようやく出てきた「嫌いなところ」のひとつだった。

一生懸命探さなければ嫌いなところが見つけられないという状況がどういうことか、自分でもわかっている。わかっているからそれ以上は考えたくない。

しばらく、馬車の車輪の音だけが響く。ヴィクトーリアはせっかくの機会だからと遠慮なくレオナルトの顔を観察していた。

目を閉じても綺麗だなんて……なんて憎々しい男なのかしら。

頬を染めながらもそんなことを思っていると、ゆっくりとレオナルトの手が動いているのが見えた。膝の上で何かを探るように動いていたその手は、徐々に空《くう》を彷徨《さまよ》い始め、まるでそこに何かがあるように動き始める。

「どう……」

したの、と最後まで聞けなかった。

その手の動きが、何をしているか理解してしまったからだ。つまり、そこに柔らかな大きなふたつの実があって、それを確かめるように指を蠢かせているのだ。一気に顔に熱が集中したヴィクトーリアは咄嗟に彼の手を叩いて動きを止めさせた。

「何をしているの!? 何を考えているの!?」

「……なんだ、君が見るなと言うから記憶の中の君を思い出し……確かめていただけじゃないか」

「た――確かめないでよ！ 思い出さないで！ やめて！ 忘れて！ 見ないで！ 壁！壁をここに持ってきて――！」

想像を止められたせいで目を開けたレオナルトは、まるでヴィクトーリアの裸体を見ているかのような視線を向けてくる。服を着ているから見えるはずはないとわかっているが、彼の自信満々な様子から不安が湧き上がり、ヴィクトーリアは声の限りに叫んだ。

置かれた状況を改めて考え、心の中で罵る。

どうして馬車に乗っているの!?

どうしてふたりっきりでいるの!?

どうして当然のように付いて来てしまったの!?

混乱の極みに陥ったヴィクトーリアは、涙目で身体を固くし、怒りのあまり震えていた。それを楽しそうに眺めるレオナルトが、ますます憎らしい。

絶対、こんな人、嫌だわ！

そう、嫌いだ。

こんな意地悪な人、好きであるはずがない、とヴィクトーリアは自分に言い聞かせた。

それからすぐに植物園に着いた。馬車に乗っていただけなのに、もうすでに一日中歩き回ったかのように、ヴィクトーリアは疲弊していた。

「温室があるらしい。さあ、そこから行こう」

無理やり腕を摑まされて、ヴィクトーリアは渋々ながらレオナルトに従った。

こうしないと腰を抱いて歩くと言われたので、仕方なく妥協した結果だった。

もう抵抗する力もなく、半ば引きずられているような状態ではあったが。

植物園は賑わっていた。

ヴィクトーリアにとっては初めての場所だった。

王都で暮らし、学院に通っていても、ヴィクトーリアの行動範囲はそれほど広くはない。どこへ行ってもあの悪い噂が付きまとうからだ。決して、隠れて暮らしたいと思っていたわけではないが、ヴィクトーリアの生きる世界は、知らないうちに狭くなっていたらしい。

幼い頃は、仕事をする父にくっついて国中を回っていたのに。

今でこそ、父の貿易会社は軌道に乗っているが、最初は自分の目で商品を探すところから始めていた。そこそこ名のある貴族の家柄で、質の高い品を見る機会が多く、多少目が肥えていたのもあるが、掘り出し物を見つけ、それを高く売る術を父は持っていた。

外国には連れて行ってもらえなかったが、王都から離れた小さな農村部などにはヴィクトーリアも一緒に行っていた。

いつから父に付いて行かなくなったのか、と考え、ヴィクトーリアは気が付いた。

噂が流れ始めてからだ。

ヴィクトーリアの側にいると不幸になる、悪いことが起きる、という噂を耳にしてから、ヴィクトーリアは誰かの側にいるのを避けるようになった。

家族は気にしないでいてくれたが、ヴィクトーリアをよく知らない者たちは違う。

それこそ、自分たちの生活がかかっているというのに、商売相手の父の側に不幸を招く子供がいたら嫌な気持ちにもなるだろう。父の商売の邪魔もしたくなかった。

そのうちに店が大きくなり、父は仕事を部下に任せるようになり、あまり遠出をしなくなった。きっと、ヴィクトーリアをひとりにしたくなかったからだろう。唯一の家族である兄が早々に騎士団に入団し、家を空けることが多くなったからなおさらだ。

今ではヴィクトーリアも立派に成人したというのに、父は一か月以上屋敷を空けるような長期間の買い付けには出かけない。改めて思うと、なんて過保護なんだろう、と自分の父ながら呆れてしまう。けれどそれ以上に心が温かくなった。

ふと、視線を感じて顔を向けると、思わずにやけていたヴィクトーリアを、レオナルトがじっと見つめていた。無防備な表情を見られていたことが恥ずかしくなり、ヴィクトーリアは慌てて表情を改める。

「な、何？」

「……暑いのは平気か、プリンセス？」

突然問われて目を瞬かせると、ちょうど温室に着いたところだった。

透明な扉に仕切られた向こう側の世界は、いつか絵本で見た南国のようだった。

「まぁ……すごい」

「ここは南方の国の植物を集めている場所だ。少々湿気が高く、実際の気温よりも暑く感じるんだ――脱げ」

「――えッ」

「暑いだろう、外套を脱ぐといい」

おかしなことは言っていないはずだが、言葉の裏に違う意味が込められている気がするのは考えすぎだろうか。

確かに暑い。外套など脱いでしまいたい。

しかし、彼の視線に身体が晒されるのは嫌だ。

「……脱ぐから、後ろを向いていて」

「君の身体なら黒子の位置まで記憶している――」

「向こう向いて!!」

ヴィクトーリアは、思わず声を荒らげ、レオナルトの身体を押して自分に背を向けさせた。それから渋々ながらも、外套を脱ぐ。脱いでもまだ少々暑いが、大分涼しくなった。

直後、計ったかのように振り向いたレオナルトに、まさか背中にも目が付いているのでは、と疑ったのは無理からぬことだろう。

彼は当然のようにヴィクトーリアの外套を持つと、また手を取り歩き始めた。非日常的な景色が広がる温室内を歩きながら、ヴィクトーリアは心が浮き立つのを止められなかった。

そしてその興奮が、心に溜まった不満を軽口として零させる。

「いつか……絶対……忘れさせてみせるんだから……」

「ははは、それは楽しみだな」

恨みがましい声を出したはずなのに、まったく堪えていないどころか面白そうに受け入れるレオナルトに、ヴィクトーリアはさらに低い声になる。

「呪いをかけてあげるわ。絶対、あの夜の記憶を失くすようなやつ。すごいのを」

「それも楽しみだな」

からかっているようでいて、心から待ち望んでいるようにも聞こえる声だった。この人の頭は大丈夫だろうかと心配になり、隣を歩くレオナルトを見上げた。

ヴィクトーリアよりも、頭ひとつ分背の高いレオナルトだが、この距離だと顔の細かなところまでよく見える。深く、青い目は、吸い込まれそうなほど綺麗だと思った。

その目が、まっすぐにヴィクトーリアを見ている。

「記憶がなくなったとしても、君を見たらまた夢中になるだろう。あの衝撃は、何度繰り返しても楽しいだろうな」

「——————」

なんてことを言うのだろう。

いったいこの人は、私をどうしたいの——

ヴィクトーリアは、先ほどの比ではないほど顔が熱くなっているのがわかった。けれど、暑い温室だから冷ますことが難しい。見るものすべてが珍しいものばかりで、きっとジジと一緒なら一日中楽しんでいられるだろうに、今は早く温室から出たいと願ってしまう自分が悔しい。

その時、レオナルトがふいに話し始めた。

「……時に君は、暑い場所は平気か？」

先ほども同じことを尋ねられたが、今回は温室のことを言っているようではないと気づき、ヴィクトーリアは首を傾げた。

「暑ければ……それに順応する格好をすれば大丈夫だと思うけど」

「サウラン砦を知っているか？」

サウラン砦——と言われて、頭の中に地図を思い浮かべる。

学院で習ったことはちゃんと覚えている。辺境騎士団の守る砦のひとつで、王都の南西に位置する大陸最大の湖、ガダル湖のほとりの国境にある砦だったはずだ。

「場所は、わかるわ」

「行ったことは？」

「砦には……ないと思うわ」

父と国中を回っていた時も、砦には行かなかった。父も幼いヴィクトーリアに配慮して安全な町や村だけを回っていたのだろう。休戦協定が結ばれて久しいこのフェアウエール王国と隣のシントーアン公国だが、国境は何が起こらないとも限らない。

「——貴方のいる砦ね？」

辺境騎士団の団長をしているレオナルトは、サウラン砦を守る最高指揮官だった。

レオナルトはまだ二十八歳。その歳で砦のひとつを任されているのだから、よく考えればすごいことなのではないだろうか、とヴィクトーリアはこの時初めて思った。

「そうだ。王都より温暖な気候で……そうだな、冬でも外套は必要ない。あと砦と言っても、市民が暮らす町もある。この国でも一、二を争う交易都市だな」

「へぇ……そうなの」

「国境沿いにあるから、様々な国の者たちが町に溢れていて、いろんな言語が飛び交って賑やかだ。王都のように整備されて洗練された場所というわけではないが、それでもあそこには自由があって、なかなか飽きない」

「――好きなのね」

「――え？」

淡々と話しているようでいて、砦のことを話すレオナルトの声音にはヴィクトーリアが初めて聞いたような温かみがあった。まるで故郷を思い描いているようだ。そう思うと、ヴィクトーリアはレオナルトがどれほどサウラン砦を大事にしているのかがわかった。

だから思わず言ってしまった言葉だったのだが、レオナルトは珍しく目を丸くしていた。

何度か瞬き、ヴィクトーリアに言われた言葉を自分の中で反芻するかのように少し視線を上げた後、頷いた。

「……そうだな、俺は、あそこが好きなんだろう」

いつもの少し傲慢《ごうまん》で余裕綽々の笑みではない柔らかな表情に、ヴィクトーリアも目を瞬かせた。

「砦の一番高い塔の上から見る景色は遮るものが何もなくて、とても見晴らしがいい。高い山は湖の向こう側にしかないし、演習がしやすい草原が広がっている。ガダル湖は一年中泳げるくらいの水温だ。休日にはよく団員たちと泳ぎに行くな。演習も兼ねているが」

砦のことが本当に好きなのだろう。

それがとてもよく伝わってきて、ヴィクトーリアは知らない場所なのに実際に砦にいるかのように引き込まれる。

見たことのない湖が、目の前にあるようだった。

そこで子供のようにはしゃぐレオナルト——と、そこまで考えて、ヴィクトーリアははっと我に返った。

ど、どうして彼が裸なの!?

湖で泳ぐのを想像したからだ、とわかっていたが、レオナルトの均整の取れた裸をまざまざと思い出してしまい、思った以上にはっきりと記憶していることに戸惑った。

これでは、先ほどヴィクトーリアの身体を想像していたレオナルトを非難できなくなってしまう。

動揺を隠すように俯《うつむ》いたが、レオナルトの話には続きがあった。

「……君も泳ぐといい。水着は要らない。大丈夫だ、部下は呼ばない。俺しか見ていないからな」

「泳ぐわけないでしょう!!」

レオナルトの些の描写にうっかりうっとりしそうになったが、真面目なだけではいられない彼の不埒《ふらち》な一言で冷静さを取り戻す。

しかし少しほっとしてもいた。顔が赤いのをからかわれたせいにできるからだ。

こんなことで振り回されていて、私、どうなるの——？

自分で自分がわからなくなってくる。ヴィクトーリアはますます不安になったが、隣を歩くのがレオナルトであることに不思議と安堵を覚えていた。

思い返せば、父以外の男性とふたりきりでいることなど初めてだというのに。

二度も婚約しておきながら、元婚約者たちとは必要最低限の付き合いしかしておらず、ふたりきりでどこかに出かけるということはなかった。

こんなふうに、たわいない話をしながら歩いたことなどなかった。

何もかもが新鮮で、擽《くすぐ》ったいような恥ずかしさもあった。

それもそのはずだ。レオナルトはヴィクトーリアに求婚していて、こうして出かけるのはヴィクトーリアにとって初めてのデートというものだったからだ。

で、で、デート……

今更ながら、そのことに気づいて顔が熱くなる。

これ以上考えると変に思われる、とヴィクトーリアは必死に冷静さを取り戻そうとした。なかなかいつもの自分に戻れないことに苛立ちさえ感じていたが、その後、現実を思い知るようなことを見せつけられるのだった。

温室を抜けると、ヴィクトーリアは一度仕切り直しをしたい、と思い化粧室へ向かった。大きな施設には女性専用に整えられた部屋があり、さすがにここまではレオナルトも付いて来ることはない。

火照った顔を落ち着かせるべく、水に濡らしたハンカチを当ててみる。壁にかかっている鏡で確認しながら、なかなか火照りが引かないことに戸惑った。

ヴィクトーリア自身も、嬉しいのか恥ずかしいのか怒っているのか、自分の本当の気持ちを判断するのが難しく、とりあえずいろんな感情が渦巻いて困っていた。

ようやく顔の赤みも引いて、レオナルトのところまで戻ろうとすると、彼がいるはずの場所の異変に気づく。近寄る前に、思わず足を止めてしまった。

レオナルトの周りには、女性たちが壁のように群がっていた。

天気の良い日だ。大きな植物園ならば来園者も多いだろう。実際、たくさんの人とすれ違った。しかし、いったいどこから湧いたのか、と不思議に思うほど、色とりどりの綺麗なドレスを身に纏《まと》った女性たちがレオナルトを取り囲んでいる。ヴィクトーリアはアンディの結婚披露の場で、女性たちと談笑していたレオナルトを思い出した。

あの時も、確か、彼は楽しそうに笑って――

彼を取り巻く女性たちは誰もが皆満面の笑みを浮かべており、レオナルトがちゃんとひとりひとりの相手をしているのもよくわかる。

本当に、慣れてる。

さっきまで心の中で渦巻いていた正の感情を負の感情が覆い、一気にヴィクトーリアの気持ちが沈んだ。ヴィクトーリアは現実を突きつけられた気がして、その場から動くことができなかった。

女性たちに囲まれ、楽しそうなレオナルト。人付き合いが悪く、不名誉な噂が付きまとい、二度も婚約を破棄されたヴィクトーリア。

そのようなふたりが一緒にいることが、おかしい。

彼は、どうして私を追いかけてきたの？

あの夜の出来事を、一夜限りのことにしておけば、今もヴィクトーリアの隣にいる必要などなかったのに。酔っ払ったヴィクトーリアの純潔を奪った責任なんて、考える必要はなかったのに。いったい彼は、何を思ってヴィクトーリアの側にいるのか。

これまで誰を見てもこんな気持ちになったことはなかった。

もやもやとして、苛ついて、とりあえず何かに当たりたいような不満だけが募っている。

これはなんなのだろう、と自分に不安を感じたところで、状況が一転した。

「プリンセス」

いつの間にか、レオナルトがヴィクトーリアの側に来ていたのだ。

レオナルトに視線を向けると、彼の後ろのほうで女性たちが一様に険《けわ》しい顔をしている。正確には、ヴィクトーリアを睨みつけていた。

彼女らの言いたいことはわかる。

どうしてヴィクトーリアなんかが彼と、と思っているのだろう。

同性からそういった侮蔑《ぶべつ》的な視線を向けられることは正直慣れているので、ヴィクトーリアも驚いたりはしなかった。

傍目《はため》には婚約者を次々に変えるような尻の軽い女に見えるのだ。それに、女性らしい身体つきと赤い髪のヴィクトーリアは、異性の目を引くようで、話しかけられることも多かった。

ほとんど相手にもしなかったけれど、それも同性から敬遠される理由のひとつだった。

そんなことよりも、驚いたのはあっという間にヴィクトーリアのところまで来たレオナルトがとても楽しそうな笑みを浮かべていることだ。

「もういいのか」

それはこっちの台詞――

そう言いたくて、ヴィクトーリアはレオナルトの背後と彼を見比べた。

「彼女たちは……」

「声を掛けられたから相手をしていただけだ。俺がひとりでいるといつものことだが」

「…………」

さらりと言った彼の言葉の意味を、どうとらえるべきか。

あまりに傲慢で自意識過剰な態度に呆れを通り越して感心してしまう。

「プリンセス、君と一緒にいるのに、俺が他の女に目を向けると思うのか？」

「そっ――」

にやり、としながら言うレオナルトは、ヴィクトーリアがどう思っていたかなどお見通しのようだ。経験値の差だと思いながらもヴィクトーリアは素直に苛立ちを顔に出す。

「――貴方は女性に慣れているようだから、私なんかでは満足できないんじゃないの？」

異性と一緒に出かけることすら初めてのヴィクトーリアの心を弄ぶくらい、レオナルトには朝飯前だろう。ヴィクトーリアは言ってしまった後で、これでは卑屈すぎるし、まるで妬いているみたいだ、と後悔した。

しかし返って来た答えはあっさりしたものだった。

「俺はすでに君ひとりに溺れそうだ」

「――――」

ニヤニヤと笑いながら言われても、明らかにからかわれているとわかるだけだ。

それなのに、ヴィクトーリアは顔が赤くなることも、もう一度落ち着かない気持ちになることも、止めることができなかった。

冷静にと頭で繰り返しながら、つんと澄ました態度でレオナルトより先を歩いて進むことしかできない。ヴィクトーリアの気持ちなどお見通しといった様子のレオナルトが、笑いながらすぐに手を取ってきたけれど、それを拒むことはできなかった。

悔しい――

ただ、そう思いながらも、ヴィクトーリアはレオナルトの隣で安堵していた。

植物園は思ったよりも広く、温室を抜けた後も外国の植物や自国の植物の違いなどを見比べながらいろいろなものを見て回った。

すべてに対して丁寧に教えてくれる、レオナルトの解説も面白かった。

レオナルトは驚くほど物知りなようだ。ヴィクトーリアも学院で勉強してきたが、それ以上にレオナルトは植物に詳しかった。ヴィクトーリアの知らない草も花もよく知っていて、どの地方に生息していてどんな効能があるかまで知っている。

いったいどうしてそんなに詳しいのか、と問えば、「騎士だからな」とまた理解できない答えが返って来る。

騎士――騎士っていったい何？

植物に詳しい騎士ってなんだろう。

ヴィクトーリアの中の騎士の定義がまたあやふやになったが、仕方がない。

そうして植物園を一周し終え、馬車に乗ってまたヴィクトーリアの屋敷に戻った時には、約束の日暮れ前になっていた。

彼が本当に家に帰してくれたことに驚いて少し見直してしまったが、名残惜しそうなレオナルトの、あの何もかもを見透かしているような視線にぶつかり、ヴィクトーリアは顔を赤くして叫んだ。

「記憶を失くしてやるわ!!」

「――ご自由に」

余裕で受け止めて、笑って返すレオナルトが憎らしい。

別れる間際、ヴィクトーリアの隙を衝いて、レオナルトは額に口づけを落とした。

「また後でな」

「――――!!」

父はいなかったが、出迎えの使用人はいた。

人前で、なんてことをするのか。

ヴィクトーリアは顔を真っ赤にして憤っていたから、レオナルトの言ったことを聞き逃してしまっていた。

それをちゃんと聞いていれば、この後さらに後悔することはなかっただろう。


日が暮れて仕事から帰って来た父に、植物園は面白かった、と伝えた。

そうか、と笑って返した父にそれ以上何も言えなくて、ヴィクトーリアはいつもより早めに部屋に戻り、寝る用意を整える。

カーテンの開いた窓からは月明かりが差し込んでいる。ランプを消すと、一層明るさが感じられた。カーテンを閉めようと窓に近づき、今夜が満月であると気づく。しかも、雲ひとつない空の満月だ。

こんなにも明るい夜はどのくらいぶりだろう、と思いながらカーテンに手をかけた時、コン、と高い音が聞こえた。

なんだろう、と外を確かめて、驚愕のあまり固まる。

「――――!」

驚きすぎると、やはり人は声が出なくなるようだ。

しかし今回は、出なかったことが正解なのかどうなのか、判断ができなかった。

「な、な、なん……!?」

ヴィクトーリアが驚いている間に、それは、あっという間に窓の外にいた。この部屋は二階で、窓の外にバルコニーもないのに、いったいどうやっているのか。

ともあれ、この月明かりの下では、見間違えようもない。そこにいるのは騎士であり、貴族であり、ヴィクトーリアに求婚している、レオナルトその人だった。

彼はヴィクトーリアが固まっている間に、どうやってか外から窓を開けて、優雅に部屋の中に降り立つ。

「な、なん、で……何を？　何をしているの!?」

状況がわからず、咄嗟に問い詰めた時には、レオナルトは当然のように窓を閉め、鍵も掛けていた。

「何とは？」

「どうして平然としているの!?　ここは、私の部屋で、私の屋敷で――こんな、こんな時間に、非常識に窓から――え、ど、どうやって開けたの!?　何を考えているの!?」

ヴィクトーリアは混乱して、自分が何を言っているのかさえわからなくなっていたが、これも騎士だという理由で片付けられたらどうしよう、とおかしなことも考え始めていた。

レオナルトは動揺するヴィクトーリアを見て、外に視線を向け「何も間違っていないが？」というように肩を竦《すく》めた。

「満月だからな」

「――意味がわからない」

本当に、その通りだった。

しかし、レオナルトには違ったようだ。

「満月の夜だぞ。夜這い解禁なのは常識だろう」

「いったいどこの常識!?」

やはり、生きている世界が違うのかもしれない。真剣に悩み始める前に、もう一度彼に言われた言葉を思い返す。

夜這い――夜這いって言った!?

ヴィクトーリアでもその言葉の意味は理解できた。

わからないままなのは、どうして夜這いがヴィクトーリアに対して行われるのか、だ。

「何を考えているのか、全然わからないのだけど……わかるのは、貴方の常識と私の常識が違っているということだけだわ。だからせっかく来ていただいて申し訳ないけど、その窓から――窓から来たのなら窓から帰れるはずよね？　あの、帰ってもらえる？」

頭を抱えたものの、これで怒って喚き散らすと相手の思うつぼだろうと、ヴィクトーリアは努めて冷静さを保ち、月明かりの入る窓を指さした。

レオナルトはその指先から窓を見て、もう一度ヴィクトーリアを見て、腕を組んだ。

「どうして帰らなければならない？」

「――私の言ったことちゃんと聞いてた!?」

どうして同じ言語を話しているのに通じないのか、ヴィクトーリアはついに苛々が最高潮に達し、怒鳴り返してしまった。

「少し声を落としたほうがいい。外に声が漏れないとも限らないからな」

「……っ貴方が帰ってくれたら、私は喜んで黙ってベッドに入るわ！」

感情を必死に抑えながらも、できるだけ小さな声で怒鳴ったヴィクトーリアに、レオナルトの目が面白そうに輝いた。

「そうだな。君がそんな格好のままでは風邪を引くかもしれない。ベッドに入るとしよう」

「ちょ――っと！」

レオナルトはさっとヴィクトーリアの手を取って、ベッドに押し倒した。

そんな格好、と言われて、ヴィクトーリアは自分が今どんな格好をレオナルトに見せているのか思い出した。もう寝るだけだったので、ガウンも羽織っていない。着ているのは薄く柔らかく、着心地のよいさらりとした素材の寝間着だけだ。

一気に顔に熱を集めながらも、ヴィクトーリアはレオナルトの下から逃げ出そうと彼の身体を押し返す。これと同じようなことを前にもしたような――と思いながらも、抵抗する術がそれしかないのだから仕方ない。

「ひとりで！　寝る予定なの！　貴方は帰るのよ！　どうしてこんなことを――」

「どうして？」

どうにか理解してほしいと思いながら、ヴィクトーリアは押し返す手に力を込めて抵抗するが、レオナルトはものともせずにヴィクトーリアに触れてくる。

薄い生地では、大きな手が腰から上に動くだけで直接肌に触れられているように感じ、身体が震えた。

その震えの意味を、ヴィクトーリアはもう知っていた。

どうしてあの日、この手を許してしまったのか。ヴィクトーリアはずっと悔やんでいたのだから。

これから何が起こるのか理解しているから、ますます顔が熱くなる。

「君に夜這いを仕掛ける理由など、ひとつしかない。君が欲しいからだ、プリンセス」

「――」

「もう記憶の中の君を思い出すだけでは物足りなくなったからだ。君をもう一度抱いて、確かめて、夢ではなかったと、この身に刻み込みたい」

こっちの身にもなってほしい。ヴィクトーリアは赤い顔を背けたまま、レオナルトを見ることができなかった。

こんな状況、嬉しいはずがないのに、これ以上抵抗ができない自分を知っている。

さすがに、ここで力の限り大声で叫べば、父でなくとも使用人の誰かは気づいて助けてくれるだろう。恥ずかしいところを見られてしまうかもしれないが、今の状態で見られるほうがましなはずだった。

「プリンセス、もう一度、俺に確かめさせろ——君の身体が、どれほど甘いのかを」

味なんてしない——

そう言いたかったのに、ヴィクトーリアは近づいてくるレオナルトの顔を避けられなかった。突っぱっていた手は、そのまま彼のシャツを握りしめることしかできない。

この人、夜なのにまだこんな薄着で——

ヴィクトーリアはそんなどうでもいいことを思いながら、レオナルトの唇を受けた。

「ん——」

レオナルトのキスは執拗《しつよう》だ。

他の人のキスなど知らないが、彼は触れるだけではなく、何度も角度を変えて口腔を貪ろうとするし、まさにヴィクトーリアの唇は食べられているような感覚を抱く。

「ん、は、ぁ」

鼻で息をしたところで、苦しさがなくなるわけではない。

舌の絡まりをほどくと、はしたない音が耳に響くが、唇が少しでも解放された瞬間に荒い息を吐き出すことに必死だった。

ヴィクトーリアはレオナルトのキスに夢中になってしまっていた。

甘い、なんて——味なんてわからない。でも頭の奥が、熱くなってしまうのだけは、わかる。

ヴィクトーリアは彼からのキスを夢中で返すあまり、彼の手が慣れた手つきで薄い寝間着を乱し、肌を露わにしていることにまで気が回らなかった。

大きな手がヴィクトーリアのすべてに触れて、もっとヴィクトーリアをおかしくさせる。

「ん、ぁ、あ」

「プリンセス――雨だ」

「――――?」

唇を離し、お互い瞳しか見えないような距離で、レオナルトが囁く。

最初はなんのことかわからなかった。

彼の視線が少し動いたことで、ヴィクトーリアもカーテンを閉めていないままの窓を見る。

さっきまでの月明かりはもうなかった。

いつの間に、と思ったが、一気に雲が広がり、ぽつぽつとガラスに雨が当たる。

「――嵐になるな」

秋の嵐だ。

冬の到来を告げる嵐が来た。それはいつも突然で、ついさっきまで晴れていても、急な雷雨に見舞われる。それが秋の嵐の特徴だった。

ひとつ、ふたつと数えることのできていた雨音は、ぽつりと呟いたレオナルトの言葉に従うように、次第に勢いを増し、瞬く間に外の世界と隔離されるような大雨が降ってきた。

雷が王都中に鳴り響き、さらにゴウ、と風も唸り、雨は勢いを増していく。

「――これで、問題なくなったな」

「――え？」

囁くような声だったが、唇がまた触れそうな距離にいるのだから、レオナルトの声もよく聞こえた。訊き返したのは、どういう意味かわからなかったからだ。

レオナルトは笑った。いつもの、人をからかって面白がるような、こちらの神経を逆なでするだけの余裕の笑みだ。

「思うまま、声を上げて構わないぞ」

「――っ声なんて!!」

上げるものか、とヴィクトーリアはムキになって言い返したかったが、レオナルトはまた楽しそうに目を細める。

「違うな、俺が声を上げさせたいんだ」

「――――」

それに、どう返すのが正解なのか。

ヴィクトーリアは一瞬、反応に困り動きを止めたが、それを見逃すレオナルトではなかった。

もう話は終わった、とばかりにヴィクトーリアの首筋に顔を埋め、肌を舐めていく。

「ん、んん……っ」

舌を蠢かされて、擽ったさを感じ、肩を竦める。それが腰の奥に痺れるように響くから、耐えるしかなかった。

「好きなように声を上げてくれ。君が泣き叫んだって、俺はまったく構わない」

「ひぁ、あ、あぁっ」

いつの間に、ヴィクトーリアは上半身を晒していたのだろう。

気がつけば寝間着は足のほうまでずり落ちていて、レオナルトの前に剝き出しの胸が晒されている。そこにしゃぶり付かれて、柔らかさを堪能するように揉みしだかれて、谷間に顔を埋められて、ヴィクトーリアは声を上げるつもりなどまったくないのに、抵抗する術が見つからない。この苦しいような、身体の奥から湧き上がり続けている身悶えするような感覚を逃がすには、声を上げるしかない現実に泣きたくなった。

いいえ、泣いたり――しない、わ。

子供みたいに泣いたりしない。泣いたって、問題は解決しないんだもの。

しかしすでに一度、ヴィクトーリアはレオナルトの前で泣いてしまっていた。

啼かされた、というほうが正しいのかもしれないが、どうしても堪えることができなかったのは覚えている。

それくらい、ヴィクトーリアにとって馴染みのない激情が全身を襲うのだ。

またこんなことになるなんて――今日は、酔ってもいないのに。

どうして流されているのかわからない。

だが、すでに身体はレオナルトの愛撫を知っていて、抗うことはできない。

「ん、ぁ、あっあ！　や、だ、だめ……っ」

ヴィクトーリアをすっぽりと覆ってしまえるほど身体の大きなレオナルトが、下着一枚しかつけていないヴィクトーリアの脚の間に熱く硬いものを擦り付けてくる。

それがなんなのか、一度受け入れたことがある身体はしっかりと覚えていて、羞恥心ばかりが募っていく。

いっそのこと、恥ずかしさがなくなってしまえばいいのに――

そんなことを考えてしまうほど、ヴィクトーリアはぐりぐりと押しつけられる熱に、身体を震わせた。思うまま胸を貪っていたレオナルトは、震えながら両手を握り合わせ、怯《おび》えの含んだ目で見上げるヴィクトーリアを見て、身体を起こした。

止めてくれるのだろうかと、安堵などしなかった。

嵐が起こり、強い風が窓を叩く室内は暗かった。ようやく人影がわかるほどの暗さだ。お互いの表情などほとんど見えていないはずだった。

しかしその瞬間、一際大きな雷鳴が轟《とどろ》き、稲妻が光った。あまりの轟音に驚くが、そのせいでヴィクトーリアはレオナルトのすべてを見た。見てしまった。

ヴィクトーリアの腰のあたりに跨がる彼は、乱れた髪の隙間から覗く目にこれ以上はないほどの欲望を溜めていた。

目の前の獲物を貪ることしか考えていない、本能に従う男がそこにいた。

「――っ」

光の中で、レオナルトが味を確かめるように自分の唇を舐めるのが見えた。

どうして見てしまったの――

ヴィクトーリアは、今更だが目を強く閉じた。

「プリンセス――」

しかしレオナルトは、見ていないからといって手加減してくれる気などさらさらないらしい。もう一度ヴィクトーリアに覆いかぶさり、その耳元ではっきりと囁いた。

「君が泣くと、もっと啼かせたくなる」

ひどい、とヴィクトーリアは泣きたくなった。

どうしてこんな横暴を受け入れなければならないのか。ヴィクトーリアが何をしたと言うのだろう。確かに、一度過ちを犯した。酔っ払ってレオナルトに篭絡されるという愚行を犯してしまった。

だが誰だって一度くらい、間違いを犯すことはあるはずだ。

なのに、その一度で――ヴィクトーリアはこの男に捕まってしまったのだ。

暗闇の中、強い腕がヴィクトーリアの顔の両側に突かれたのがわかる。まるで逃げられない檻のようだと感じた。

「全力で、君を貪り尽くしたい」

そんな宣言は要りません、と声に出せたらどんなに良かっただろう。

声に出したところで、常識の違う騎士には通じないかもしれないけれど。

ヴィクトーリアは心の中で皮肉を言ったものの、自分は彼に押し倒されてから抵抗らしい抵抗をしていない。

レオナルトからは、逃げられない――逃がしてもらえない。

その事実に、どこかほっとしてもいるのだ。まるで与えられる罰を待ち受け、必死に堪えているように震えていたヴィクトーリアに、レオナルトは宣言通りもう一度濃厚なキスをし始めた。

キスだけではない。器用な手が肩から胸、腰に滑り落ちて、強く閉じた脚の間へ潜り込もうとしている。

「ん、ん――っ」

「……君が俺を誘っている匂いがする」

唇の味を確かめた後で、レオナルトはそう言いながらぬるりと滑るヴィクトーリアの秘所に指を入れた。

どうして、濡れているの――？

自分で自分の身体が制御できないなんて、本当におかしい。

「ほらな、もう滴らせて俺を待っている」

目を瞑っていても、彼が笑っていることがわかる声だった。

そして次の瞬間には、彼は身体をずらし、ヴィクトーリアの脚を持って広げている。何をするのか、見ていなくてもわかる。それを受け入れたくなくて、抵抗するために口を開くが、出てきたのは悲鳴のような甲高い声だった。

「ッあ――――！」

ぴちゃり、と厭らしい音を立てて、レオナルトがヴィクトーリアの秘所を舐めたのだ。ヴィクトーリアから漏れたはしたない蜜を啜るため、彼は舌で襞を割り開く。それから、まるでキスをするかのように秘唇を覆い、舌先で花芽を探り当てて擽った。

「や、あ、あっあああぁん！」

口腔や胸をしゃぶられた時以上の激しい快感が全身を貫いた。まだその快感を逃す術を知らないヴィクトーリアは、両脚に力を入れ、股に埋まったレオナルトの顔を締め付ける。

レオナルトから苦情の声は上がらなかった。

むしろもっと締め付けろ、と言わんばかりにヴィクトーリアの太腿を引き寄せている。

「ひぁ、あ、ああぁっ」

噛み付かれたのでは、と思うほど花芽を強く吸われて、ヴィクトーリアの身体は痙攣したように大きく跳ねた。その後も痺れるような感覚が抜けずにビクビクと全身が震える。

しばらくすると、解放された安堵で四肢が緩んだ。

達したのだ、と自分で気づいたのは、レオナルトがヴィクトーリアの秘所から顔を上げてからだった。

「……やっぱり、甘いな」

レオナルトの味覚なんて、滅びてしまえ。

ヴィクトーリアの目尻にはいつの間にか涙が溜まっていた。それを零さないように目を細めてみても、我慢できるはずがない。声で当たりをつけながらレオナルトを睨んでみたものの、効果がないことはわかっている。

「……な、なんて、ことを……っ」

まだ、びくびくと小刻みに震える身体を持て余すヴィクトーリアだったが、抗議することだけは忘れなかった。

逃げられないと安堵していることは受け入れても、翻弄されるままになっているのはヴィクトーリアのプライドが許さなかった。

なのにレオナルトは、あっさりとヴィクトーリアの感情を逆なでする。

「前もしたはずだが。君の中は、一度イかないとほぐせないのは実証済みだ。――なんだ？」

よくも恥ずかしげもなくそんなことが言えるものだ。

考えるよりも前に、ヴィクトーリアの脚が動いていた。

人に暴力を振るうなんてこれまで一度も考えたことのないヴィクトーリアだったが、一番てっとり早く相手に抗議の意思を知らせる術が、レオナルトを蹴ることだったのだ。

だが、結構な勢いで蹴ったはずなのに、レオナルトの硬い身体にはなんの影響もなかったらしい。

「なるほど、次は脚を舐めてほしいのか？　いいだろう、ちょっと待っていろ」

何を勘違いしたのか、レオナルトから衣擦れの音が聞こえる。何をしているのか、考えなくてもわかる。服を脱いでいるのだ。

脱いでしまうと――彼の裸の身体が触れることになる。

レオナルトの、大きくて熱い身体だ。手と舌だけですでにおかしくなりそうなのに、全身で触れられたらどうなってしまうのか。

不安というよりも恐怖に近いものを感じて、ヴィクトーリアは思わずくるりと反転し、這って逃げようとした。

「どこへ行く」

しかし、レオナルトの手がすぐにヴィクトーリアの足を摑む。

暗闇であるはずなのに、的確にヴィクトーリアの左足首を摑んだことに驚愕する。もしかして彼には見えているのだろうか、と赤くなっていた顔が青くなった。

「まさか――」

「跪いて舐めろと言いたいのか？」

レオナルトは四つん這いになったヴィクトーリアの、無防備になった足の裏へ、屈むようにして口付けた。

「ひあっ⁉」

擽ったさに身を竦めるが、レオナルトの舌は執拗に、的確に、ヴィクトーリアの感じる場所を探り当てて責めてくる。

「ひ、あ、あ、あ、やぁっ」

彼は、ヴィクトーリアに逃げられないように、もう片方の脚も摑むと、つま先からかかとを舐め、足首の腱《けん》に噛み付き、ふくらはぎの緊張をほぐすようにしゃぶった。

膝の裏なんて、これまで他人に触れられたことがない。

しかも普通に撫でられるだけでなく、親指でゆっくりと擦られたり、筋をいたぶられたり、柔らかい場所を優しく舐められたりと、次々にぞくぞくするような快感を与えてくる。

「や、や、あ、ぁ、ぁんっ」

ヴィクトーリアは与えられる愛撫のひとつひとつに震え、それに合わせて声を上げることしかできない。

上半身を支えるための腕の力も失くし、シーツに頬を擦り付けながらくずおれた。

腰だけを高く上げたままの格好が、傍から見ればどんなにはしたないものかなど、考える余裕もなかった。

「尻を突き出してくるとは。次はここをお望みか、プリンセス」

「ん、あ……っ？」

レオナルトの言葉は聞こえているようで聞こえていなかった。

震えを抑えるのに必死で、そちらに意識が向いていなかったからだ。

「いいだろう。俺は君のものだ。君が俺のものであるように。――プリンセスの望みは、すべて俺が叶えてやる」

　そう言って、レオナルトは高く突き上げたヴィクトーリアの丸い臀部を掴んだかと思うと、その谷間に顔を埋めた。

「ひ、あ……ッあああああぁっ」

　すでに散々しゃぶり尽くされた後だというのに、角度が違うだけでどうしてこんなにも感じてしまうのか。

「ぃや、あっ、あっ、あぁんっ」

「君の甘い蜜なら、いくらでも飲み込んでやる」

　じゅる、とはしたない音を立てながら、レオナルトがまた溢れてくるヴィクトーリアの愛液を啜る。

　絶対、わざとに違いない、と頭のどこかでヴィクトーリアは思ったけれど、指先ひとつ自由に動かせないのだから、それに抗うことなどできない。

　それとは逆に、レオナルトは自分の身体もヴィクトーリアの身体も自由に操っていた。

「もっと開くんだ」

「あぁぁんっ」

　まだ満足していないのか、レオナルトはヴィクトーリアの腰をさらに高く浮かせ、深く顔を埋めてくる。

そして充分潤った秘所に、長く器用な指先を潜らせた。

「……指一本でも締まるな。君の中は、もっとほぐせと言っているようだ」

絶対、そんなこと言っていない――

勝手な解釈をするレオナルトに言い返せない自分を恨めしく思うが、身体はすでにヴィクトーリアの心を裏切っている。

「ひぁ、あ――やぁあん！」

きつい、と言いながらも、レオナルトは濡れた内壁を擽るように何度も指で擦り、ヴィクトーリアが激しく反応する場所を見つけ、笑った。

「ああ、わかっている。満足するまで、可愛がってやるからな」

何を可愛がるのか、と考えるまでもない。もう身体が知っていたからだ。

じゅぷじゅぷと音を立てながら、指の動きが激しくなり、ヴィクトーリアの内部はレオナルトが言っていた通りほぐれていく。

はしたない気持ちも恥ずかしい気持ちも通り越して、まだ残っている理性が悲しんでいるようで、ヴィクトーリアは涙を堪えることができなかった。

しかし本当に悲しい涙ではなく、愛撫に晒され我慢ができなくなった感情が、涙になって溢れているのだとわかっていた。

シーツにしがみ付き、頬を押し付けて横を向いたまま、滲んだ視界で暗闇を探る。

「あ、あ、あっ、も、もぉ、やめ……っんぁ、あんっ」

ヴィクトーリアが何を探しているのか、レオナルトは気づいたのかもしれない。

腰を上げさせたまま指の数を増やしながら秘所をいたぶり続け、放置していたことを詫びるかのように残りの手で乳房を包み、硬く尖った先を親指で丁寧に擦り上げる。

そしてヴィクトーリアに自身の熱を押し付けるように覆いかぶさり、囁いた。

「もう我慢できなくなったのか？——いいぞ、いくらでもイけ」

じゅく、と指で犯されながら、硬く熱いものが濡れた太腿あたりに滑らせるように押し付けられる。

「や、やぁ……っ」

胸への愛撫の衝撃にも震えていると、レオナルトはゆっくりと指を引き抜き、そのぬめりを利用して、違うものを秘所に擦り付けた。

「それとも、こっちでイくのをお望みか、プリンセス」

「っひぅ……」

何を望んでいるかなど、ヴィクトーリアにわかるはずがない。もはや、理性も消えかけている状態なのだ。

だが、レオナルトの性器はすでにがちがちに硬くなっていて、ヴィクトーリアの襞を割り、中には挿《い》れないまま擦り続けている。ヴィクトーリアの背後から回されたがっしりとした手は思うまま乳房を揉み、柔らかさを堪能しているようだ。

ふいに、彼がヴィクトーリアの乱れた髪を掻き分ける。涙に濡れた顔に熱くざらりとしたものが触れた。舐められたのだ。

まるで犬か猫がするみたいに――

そう思いつつも、煽《あお》られるだけ煽られて、おかしくされたヴィクトーリアは、ふいに気づいてしまい、肩越しにレオナルトを探して言った。

「……見え、てる、の？」

ヴィクトーリアも少しは暗闇に慣れてきたとはいえ、ほとんど見えていない。けれど彼ははっきりと迷うことなく動いている。

ヴィクトーリアの耳に、空気が震える音が聞こえた。

レオナルトが笑ったのだ。

「夜目は利く」

「――――っ!!」

その一言だけで、醜態を晒しているのが自分だけなのだと理解する。

やだ――やだやだやだっもう嫌！

ヴィクトーリアはなんでもいいからこの怒りをぶつけたくなった。だがそれよりもここから逃げ出したい。そう思うのに、がっしりと後ろから摑まれていて身動きひとつとれない。

「もっと叫ぶといい、プリンセス」

彼は、覆いかぶさったまま、ヴィクトーリアの腰を摑んだ。

「俺は、君が、泣き叫ぶところが見たい」

「ひ、あ、あああぁ――――ッ」

最低、と叫べないことが悔しい。

指で広げられたことなどなんの意味もなかったのではと思えるような、熱く長大な塊がヴィクトーリアの狭い内壁に一気に押し込められた。

「ん……っんぐ、あっ」

圧迫感を覚えながら、それでも痛みを感じなかったのは、やはりレオナルトが慣らしてくれていたおかげだろうか。

絶対に、お礼なんて言いたくないけれど。

だが、そんな呑気なことを考えている場合ではなかった。もう充分奥まで挿《はい》っている、と思っていたのに、レオナルトが少し腰を引き、それからさらに強く深く挿入してくる。

「あああぁぁぁんっ」

ずぷり、と刺された音が聞こえるようだった。

こんなにも、深かっただろうか？

初めての夜に受けた衝撃を思い出そうにも、今の衝撃に耐えることだけで精一杯だった。

「熱い……キツイ、やはり、気持ちいいな」

レオナルトのほうは覚えているのか、ゆっくりと、緩く腰を動かして、ヴィクトーリアを堪能しているようだった。

ヴィクトーリアのほうは、そんな余裕すらないというのに。これ以上、ヴィクトーリアの気持ちを掻き乱してほしくなかった。ただでさえ、こんな状況を受け入れている自分に混乱しているというのに、これ以上レオナルトに、気持ちを奪われたくない。

「んん……、あ、んっ」

肌を撫でながら、その手が豊満な乳房を包み、胸先に触れると、ヴィクトーリアは思わずぴくりと反応してしまった。

どこを触れられてもおかしくなりそうだが、やはり感じてしまう場所はあるらしい。レオナルトに教えられているようだった。ぞくぞくしたものが這い上がってきて、思わず、ヴィクトーリアの中にみっちり埋まったレオナルトの性器を締め付けてしまう。

「――プリンセス」

「ン、アッ!?」

突然、それまでゆっくりとした愛撫を繰り返していたレオナルトが、自分の背筋だけを使ってヴィクトーリアと一緒に上体を起こした。

膝立ちになったまま、背後にいるレオナルトと繋がっている状況に驚くが、急に強く胸を揉みしだかれて、悪寒とは違う震えが止まらなくなる。

「や、あ、あぁんッ、そ、それ、や、あぁ――っ!?」

レオナルトは胸だけでなく、片手を滑らせて、繋がっている秘所に前から触れた。

触れるだけではない、さらに襞を開き、ヴィクトーリアの中にいる自身の性器を確かめ

るように繋がった場所を撫で、花芽を集中して苛め始めたのだ。

「ひや、やっやぁぁっ、やめ、やら、そ、それ、んん――ッ」

苦しいほどに硬く大きなものが突き刺さったままなのに、他のすべても弄られるとヴィクトーリアは我慢などしていられなくなる。

イく、やだ、イっちゃう……っ！

絶頂を迎えることをはしたない言葉でなんと言うのか知ってしまった。

レオナルトの愛撫は強く執拗で、ヴィクトーリアにそれを促しているようだ。

「イけ、プリンセス。君がイく瞬間の、キツイ締め付けがたまらないんだ」

「ん、んんぅ、や、あ、あ、あああぁぁ……っ」

最低、ともう一度頭の中で罵った。

声を上げたくない、と我慢してみたものの、ヴィクトーリアの身体をヴィクトーリア以上に知っているレオナルトにかかると、そんな抵抗など意味をなさなくなる。

達した時に震えるのは手足だけではなかった。未だヴィクトーリアの中にあるレオナルトの性器を強く、きつく締め付けているのが自分でもわかる。

「ん、ん……っん！」

「ああ……やはり、気持ちいいな」

心の底から嬉しい、堪能した、というようなレオナルトの感想に、達したことで少し戻ってきた理性が怒りを思い出す。

「…………っ」

背後を振り返り睨みつけると、相手を喜ばせてしまったのがわかった。

そして後悔した。

「——その顔、もっと啼かせたくなるな、プリンセス」

真剣に怒っているのに、こんなことで相手を煽ってしまうとなると、自分はいったいどうすればいいのか。

ヴィクトーリアは途方に暮れながらも、後悔しても後の祭りだという言葉を思い出した。

「や——っ!?」

レオナルトは突然、ヴィクトーリアをベッドに押し倒すと、繋がったまま片足を持ち上げ自分の腰をさらに突き入れた。

「ッああぁんっ」

最奥まで貫かれたのではという衝撃は、一度ではなかった。

彼はそのまま、強く何度も何度も腰を揺さぶる。

「やぁっやぁ、やぁ、やっやぁっ！」

その律動に、「嫌だ」と声にすることすらままならない。

「ああ、プリンセス……イきたい、イかせろ、もう我慢できない——！」

「……ッ」

我慢なんて、一度もしたことがないくせに。

ヴィクトーリアはそう思いながらも、レオナルトの引き起こす激しい揺れと快楽に引きずられ、一緒に高められていくことしかできなかった。

「プリンセス――君は、俺の、ものだ！」

「――――っ」

これまでにない、激しい想いをぶつけられたようだった。

痛みを覚えるほどの強さで突き上げられ、悲鳴を上げて泣いてもいいほどの激しさなのに、ヴィクトーリアはそれを受け入れてしまっている。

吐き出される熱い飛沫に、彼の昂りを感じてしまったのだ。

こんなの――こんなの、だめだわ……だって。

だって、なんなのだろう。

ヴィクトーリアは全身に広がる疲労感に抗えず、ぐったりとしたまま暗闇の天井を見つめていた。

レオナルトは荒い呼吸を落ち着けながら、ずるりとヴィクトーリアから自身を引き抜き、そこから溢れる白濁に満足そうに笑っているようだった。それから名残惜しそうに、力の抜けたヴィクトーリアの身体を啄み、時折味を確かめるように舐めて噛み付く。

そんな行動をするレオナルトに、ヴィクトーリアは何も言えなかった。

抵抗する力さえ残っていなかったけれど、どこから取り出したのかわからないがタオルを手に黙々と後始末をしてくれるレオナルトを――もちろんついでにいろんなところを撫でられたが――黙って、ぼんやりと見ていることしかできなかった。

その後、ヴィクトーリアに寝間着を着せて、ベッドにもう一度横たわらせ、何もなかったかのように毛布を掛けた彼は、すべての仕事をやり遂げたように満足した鼻息を漏らした。

どこか冷静な自分は、このシーツを替えてからにしてほしかった、などとも考えていたが、瞬く間に自分の服を着たレオナルトの影を追いかけるので精一杯だった。

「夜這いをした者は夜のうちに消えるのが決まりだからな」

それ、どういう常識なんだろう――

ヴィクトーリアは一生かかっても、彼を理解することはできないのかもしれないと感じた。

「――お休み、プリンセス」

レオナルトは部屋を去る前に、ヴィクトーリアの額に唇を落としていった。

窓を開ける音がして、ごう、と強い風が吹き込んできたが、それは一瞬で消えた。

外はまだ嵐が続いているようだ。

この中を、あの薄着で出て行くなんて――

風邪を引いたらどうするのだろう、とヴィクトーリアは一瞬心配したが、疲れ切った頭ではそれ以上考えることもできず、吸い込まれるように睡魔に身を任せていった。

＊

「プリンセスの調査書はどこだ？」

夜中ではあるが、騎士団の営舎にはまだ多くの部下が残っていた。

今夜のような嵐では何が起こるかわからないため、騎士団はいつでも動けるように準備を整えておくものなのだ。

辺境騎士団もそれは例外ではなく、執務室にはいつものように部下たちが集まっている。

そして入って来たレオナルトを見て驚愕に目を見開いた。

「だ、団長――!?」

「まさかこの嵐の中を来たんですか！」

「大人しく実家にいるかどこかに夜這いをかけているかと思ったのに！」

この時間になっても営舎にいないものは来られない者として扱われるが、それに対する罰則はない。残った者たちだけでなんとかする。それが騎士団の決まりでもあった。

だから湖の中を泳いで来たかのようにびしょ濡れの姿で現れたレオナルトに、皆驚いたのだ。

「夜這いの作法として、忍び込んだら夜中のうちに消えるものだろう」

「夜這いしてたのかよ！　やっぱり！」

「この嵐の中でもやり通す根性にいっそ感心するわ」

騎士の多くが呆れ果てているその横で、従騎士のゼンが大きなタオルを差し出す。レオナルトが部屋に入って来るなり、すぐに取って来てくれたのだろう。

「さっさと拭《ふ》いてください。さすがに団長でも風邪を引きますよ！」

「風邪など引いたことがないから大丈夫だ」

素直に受け取って顔や頭をざっと拭き、水の滴るシャツを脱ぎ捨てタオルを肩にかけた。ズボンのほうはこのまま乾くまで放っておくことにする。

「書類を」

騎士団の者の仕事は早い。

期待を裏切らないとわかっているからこそ、レオナルトは嵐だろうと営舎に来たのだ。ゼンが呆れながらも、部屋の奥から数枚の紙を取り出してくる。

「エトヴィン様に聞いてもよかったんですが――とりあえずは、わかるところまで調査してあります」

「――ふむ」

速読の得意なレオナルトはヴィクトーリアについての調査結果を素早く頭に叩き込む。

気になったのは、ヴィクトーリアに関する噂の部分だ。

そのおかしな噂が立ち始めてから、ヴィクトーリアの生活は一変し、いい環境とは言えないものになっているのは一目瞭然だった。

「この、噂というのは――」

ろう。

「ヴィクトーリアに関する噂は、俺も以前聞いたことがありますよ」

レオナルトが訊く前に、部下のひとりが声を上げる。レオナルトより年下で、年齢的にはヴィクトーリアと変わらない年頃の騎士だ。おそらく、同じ頃に学院に通っていたのだろう。

その者曰く、ヴィクトーリアにまつわる噂は彼女を孤独にするようなものだった、と。

学院に入った初日に、会話をした相手が直後、階段から落ちた。パーティで一緒に踊った者が襲われた、などヴィクトーリアが原因かどうかわからないような内容が続いていた。

一番大きな噂は、ヴィクトーリアの婚約者についてだった。

婚約者たちは、ヴィクトーリアと婚約していた間は不幸に見舞われていたが、婚約を破棄した途端、出世したり幸せな伴侶を得ている、というようなものだ。

実際にヴィクトーリアの元婚約者たちは、今は幸せな結婚生活を送っているし、仕事面も将来安泰だった。

その他にも様々な噂があったが、そのどれもが「ヴィクトーリアの側にいると不幸になる」という内容にまとめられる。つまり、ヴィクトーリアを孤独にさせるような内容だ。

明らかに、彼女を陥れるための悪意のあるものでしかない。

彼女を直接知る人は、ただの噂だとわかっていて、変わらず彼女との付き合いを続けている。だが、社交界や学院において、彼女をよく知らない者にとってその噂は、真実と変わりないものになっているようだ。

それに、彼女を孤独にしている原因は悪い噂だけではない。あの、妖艶でありながら守ってやりたくなるような彼女の容姿は、多くの異性を惹きつける。社交界で結婚相手を探す貴族女性にしてみれば、彼女はきっと疎《うと》ましい存在だろう。

「問題は——」

レオナルトには、ヴィクトーリアのそんな噂など問題にもならなかった。

それらのすべてが、彼女を貶める根拠のない戯言だとわかっているからだ。

「誰がそんなことを言っているか、だ」

レオナルトの声は、低かった。冬も直前に迫った外の気温よりも、寒さを感じるものだった。

レオナルトの独占欲は強い。この国の騎士は皆、何故か執着心が強い傾向があるが、彼はその中でも自分の懐に入れたものに対する愛情が人一倍強かった。

そんな男が見つけた唯一の存在を貶める元凶——その犯人の末路を考えただけで、その場にいる他の全員が、寒気を覚えて震えた。

「今調べたところでは、怪しい者は数人です」

「誰だ？」

「噂はヴィクトーリアが幼い頃から始まっています。彼女の周囲を調べた結果ですが——」

「——っくしゅ！」

ゼンが資料を見ながら説明していると、押し殺したようなくしゃみが響いた。

全員が黙り、くしゃみをした者の顔を見る。

「……胡椒《こしょう》がかかった」

そんなわけあるか！　と全員がレオナルトに突っ込んだ。

「絶対風邪引いたんですよ！」

「俺は風邪を引かない」

「顔も赤くなってきてるじゃないですか！」

「部屋が暑いんだ」

「鳥肌立ってる状況でよく言いますね!?」

「怒りのせいだ」

何を言っても子供のような言い訳を繰り返し、風邪を認めないレオナルトに、皆、諦めたようなため息を吐いた。

「実家にお戻りを。馬車の用意をしますから」

「この嵐の中をか？」

「騎士団の馬車は丈夫なので大丈夫です」

実際風邪を引いて寝込まれても営舎ではどうしようもないのだ。

もう濡れているのだし、このまま家に帰らせたほうがましである。部下たちの意見は一致した。

「道々、全部説明しますから――帰ったら、大人しく寝てくださいよ！」

「そいつに報復するまでは――」

「回復した後、存分に報復していただいて結構ですから」

　聞き分けのない子供をあやすように、部下たちはレオナルトの言葉を遮り、どうにか馬車に乗せることに成功した。ゼンは説明を続けるためにそのまま同乗し、同僚たちに見送られ、アイブリンガー家に向かうことになった。

　そして朝になり、ゼンはレオナルトからあるお遣いを言いつけられることになったのである。

4章

翌朝、嵐は去っていた。

だいたいいつも数時間で通り過ぎるが、夜のうちに通過してくれたことに誰もが安堵していた。

あの嵐の中を出歩いていた者がいる、と知るヴィクトーリアを除いては。

昨夜の予定外の情事のせいで疲労困憊《ひろうこんぱい》していたヴィクトーリアは、いつもより遅い時間に目を覚まし、すぐにお風呂の用意を頼んだ。

自分の身体を確認すると、いったいいつ付けたのか、レオナルトの痕跡がまた増えていた。

こんな身体を使用人には見せたくないし、とはいえ昨夜散々舐められしゃぶられた肌を放置しておくこともできなかった。

汚れたシーツを片付ける使用人たちに言いようのない羞恥を覚えたが、有能な彼女たちは主人一家に口出しをすることはない。

そのことにほっとすべきなのか、もやもやした気持ちでいたほうがいいのか、ヴィクトーリアは考えても仕方のないことに悩みながら、冬の朝の晴れた空を見て、昨夜びしょ濡れになっただろう男を思い出した。

快晴であるが、もう冬と言ってもいい季節だ。昨日より気温が低く、外套なしでは外を歩けない。

知り合ってから毎日会いに来るレオナルトだ。もしかして今日も来るのかしらと、ヴィクトーリアは外出してもいい服を選んでしまっていた。

――別に、待っているわけじゃ、ないけど！

自分に言い訳をしながら、父に挨拶をして一緒に朝食をとり、ゆったりした時間を過ごす。

仕事に行ってくる、と父が腰を上げた時、執事から客人の訪《おとな》いを告げられた。

「また――」

レオナルトか、と聞こうとしたが、執事はヴィクトーリアの問いを理解し、首を横に振った。

「騎士団の方でございます」

「……騎士団？」

兄の遣いだろうか、と父と首を傾げ合い、この部屋に通すように告げると、畏まった様子で現れたのは確かに騎士団の者だった。

従騎士の格好をしたその男はまだ若く、シュペール親子を見て恐縮しているようだった。

「私は、サウラン砦辺境騎士団所属、ゼン・ハーヴィです。団長、レオナルト・アイブリンガーより伝言を預かって参りました」

綺麗な敬礼をするゼンに、若いのにしっかりしていると感心したのもつかの間、彼の発言の内容に驚いた。

「伝言――？　あの人からの？　いったい何が……」

これまで、どれだけ拒絶してもまるで話を聞いていないような態度でヴィクトーリアの前に現れていた男が、突然、部下に伝言を託したのだ。

いったい何があったのか――もしかして、夜中の嵐で事故にでも遭ったのか、とヴィクトーリアが動揺していると、ゼンは申し訳なさそうに言った。

「その――団長は、昨日……風邪を引いてしまいまして」

「――でしょうね!!」

状況も相手も考えず、ヴィクトーリアは思わず突っ込んでしまった。

誰が考えても、当たり前のことだった。

あんな薄着で嵐の中を歩いたのだ。風邪は引かない、などと断言していたが、そもそもこの季節の王都であんな薄着でいたことがおかしい。

ゼンもそのことはよくわかっているのか、情けない顔で大きく頷いた。

「馬鹿は風邪を引かないと言いますが、どうやらうちの団長は馬鹿ではなかったようで——いえ、そんなことはどうでもいいんですが」

ゼンは呆れを隠さず呟いたが、表情を改め、ヴィクトーリアに向き直った。

「——団長からの伝言です。『明日には治すので、また明日』——以上です」

「————ばかなの？」

ゼンの言うように、風邪を引いたのだから馬鹿ではないのかもしれないが、ヴィクトーリアは思わずそう言ってしまった。

出歩けないほど風邪を引いた者が一日寝ただけで快癒するはずがない。むしろ病原菌を振りまく迷惑な存在になるはずだ。

そんな常識も知らないのか——と思ったが、自分とは常識が違うのだった、と思い直す。もしかして、騎士団の者は一日で治るのかもしれない、と考えそうになったところで、ゼンが慌てて首を振る。

「いえ、その、本日は確かに高熱で寝込んでいるんですが——自分の言ったことは必ず実行する方なので、おそらく、明日には動けるようになっているのでは、と……」

宣言したからといって、病気が簡単に治るはずがない、と思ったが、あのレオナルトなら本当にどうにかするのかもしれない、とヴィクトーリアは不安になった。

そんなことを考えて、知らない間にゼンを睨むようになっていたせいで、相手はすっかり畏縮してしまっていた。

その膠着状態を動かしたのは、ずっと黙って聞いていた父である。

「――見舞いに行けばいいじゃないか、トーリア」

「――お父様？」

いったい何を言い出すの、と目を見開くと、父は苦笑していた。

「本当にそんなに早く治るのならそれにこしたことはないが、大事を取って休むことも部隊の長として必要だろう。しかし、彼の話を聞く限りでは本当に明日にでも出歩きそうだし――代わりに、お前が見舞いに行けば、騎士団やこの屋敷に病原菌を振りまくことはないだろう？」

「…………ですけど」

常識を知らない人のために、わざわざ自分が出向かなければならないなんて、と理不尽さを感じたが、父の言うことはもっともだったし、何より父の提案に従騎士のゼンが嬉しそうに顔を輝かせている。

仕方なく、ヴィクトーリアは頷いた。

「では、私にうつるのも嫌だから、少しだけ、ほんの少しの時間だけお見舞いに行く、と伝えてくださる？」

「喜んで!!」

その受け答えはどうなのだろう、と思ったものの、犬が嬉しそうに尻尾を振っているように見えて、ヴィクトーリアはまぁいいか、とため息を吐いた。

ゼンが帰った後、仕事場に向かう父を見送る。

「――しかし」

馬車に乗り込む途中、父がぽつりと呟いた。

「どうしたの、お父様？」

「お前が彼から逃げられる未来が、ますます見えなくなったようだね」

「――――！」

どういう意味かわからないわけではなかった。

しかし、それを父に言われてしまったことが恥ずかしくて、ヴィクトーリアは顔が真っ赤になる。父は、苦笑しながら続けた。

「お前が決めたことに反対はしないが……自分を大事にするんだぞ」

それは――

もしかしたら父は、彼との間にあったことをすべて知っているのでは、と今度は顔が青くなった。

執事に促されるまで、ヴィクトーリアはそのままその場で固まっていた。

翌日、渋々と、ヴィクトーリアはレオナルトのお見舞いに行くため、朝から準備をしていた。

人を見舞うのに、手ぶらというわけにもいかない。

しかしレオナルト相手に花を贈るのもどうか、と考えた結果、甘い甘いと言って喜んでいた彼に甘いものをあげよう、と思ったのだった。

いつもより時間をかけて作ったのは、これまで失敗したことがなく、誰もが味に太鼓判を押してくれるアップルパイだった。これだけは店にも出せる、と家族や友人、使用人たちも保証してくれている。

昼を回り、他家を訪問するのにおかしくない時間になると、ヴィクトーリアは馬車に乗ってアイブリンガー家の屋敷を目指した。

アイブリンガー家の屋敷は、ヴィクトーリアの住むシュペール家の屋敷からは少し離れていて、馬車に乗っても三十分はかかるところにあった。

アイブリンガー家の屋敷に近づき、ヴィクトーリアは緊張した。

昨日、ゼンにお見舞いに行くことは伝えてもらっているものの、ヴィクトーリアはレオナルト以外のアイブリンガー家の面々と、一切面識がないのだ。ヴィクトーリアには社交界で良くない噂が付きまとっている。中に入れてもらえなかったらどうしよう、と今更怖くなってしまった。

レオナルトはいつも強引で、こちらが貴族らしく礼儀を守っていたら大変なことになるから、彼相手には遠慮も何もなかった。けれど普通、貴族の会話はあんなふうにくだけたものではない。ヴィクトーリアは元々人見知りなところがあり、うまく挨拶をして対応できるか不安だった。

どうしよう、と考えている間に馬車は正門に着き、御者が声をかけて扉を開けた。

もう少し――遠回りしても良かったかも。

ぐじぐじとそんな後悔をしながら、ヴィクトーリアはもう逃げることもできない、と腹をくくって馬車を降りた。大きな玄関の前には、執事だろう男が綺麗な姿勢で待っている。

ヴィクトーリアは荷物を抱えながら、ゆっくりとその人に近づいた。

彼はヴィクトーリアが名乗る前に、声をかけてきた。

「ヴィクトーリア・シュペール様、お待ちしておりました」

「――えっ」

優雅に頭を下げられる。自分の顔を知っていたことに驚き、言葉が詰まったが、一瞬で立て直した。

「――本日は、レオナルト、様のお見舞いに……」

伺いました、と言う前に扉が開けられていた。

「伺っております。どうぞ中へ。レオナルト様も、お待ちです」

「……は、はい」

綺麗な笑顔の奥に、絶対に逃がさない、というような強い気迫を感じるのは気のせいだろうか。少し不安を覚えたが、この状況で引き返すことはできない。ヴィクトーリアが中に入ると、すぐさま玄関が閉められる。やはり退路を断たれた気になった。

執事はゆっくりと、しかしヴィクトーリアが付いて来ているのを確認しながらホールを進み、ひとつの部屋の前に立った。

「――旦那様」

「入れ」

ノックをするとすぐに返事があった。

執事のノックと返事はほぼ同時で、ちゃんと聞いていたのだろうかとヴィクトーリアは訝《いぶか》しむ。

「ヴィクトーリア・シュペール様をお連れいたしました」

「中へ」

執事に促され、ヴィクトーリアは一気に緊張が高まった。

お見舞いとはいえ、屋敷を訪問するのだ。当然、その家の主人に挨拶をしなくてはならない。非常識だけれど、できればレオナルトにだけ会ってこっそり帰ってしまいたかった、とヴィクトーリアはこの場にいることをすでに後悔し始めていた。

「――初めまして、ヴィクトーリア・シュペールと――」

「君がヴィクトーリアか！」

きちんと淑女らしい挨拶をしようとすると、嬉しそうな声に遮られた。

驚いて、思わず顔を上げると、部屋の中には四人の人たちが待っていた。

先ほど声を上げたのはその中の初老の男性――この家の当主であるアイブリンガー卿に

間違いないだろう。その隣には奥方と思われる女性がいる。そして、その向かいのソファから立ち上がっているのが、レオナルトの兄であるクラウスと、彼と先日結婚した妻のフィーネだろう。

社交界において、アイブリンガー家を知らない者はいない。ヴィクトーリアも当然知っている。しかし名前は知っていても、この距離で会うことも話すことも初めてだ。しかも彼らにはこちらを圧倒する迫力があり、ヴィクトーリアは狼狽えてしまった。

「――父上、彼女が怯えていますから」

「ん、そうか、すまない！」

冷静な声でクラウスが押しとどめると、アイブリンガー卿は笑って謝罪した。

アイブリンガー家は、代々騎士を輩出することで有名な一族だ。

それを証明するかのように、アイブリンガー卿もクラウスも体格が良い。

逆に、彼らの妻たちはほっそりとしていて、触れれば折れそうで儚《はかな》げな様子だ。

そんな身体で、大丈夫なのかしら――

思わず下世話な心配をしてしまった自分が恥ずかしくなり、頬が熱くなる。

だが、それを緊張と取られたらしい。

「ほら、怯えさせて逃がしてしまうと、レオに恨まれますよ。そうなるとあいつは二度と家には戻って来ないかもしれませんよ」

「――むむ、すまない……少々嬉しくなって、浮かれすぎた。悪いな、ヴィクトーリア。

私がレオナルトの父、ジョスト・アイブリンガーだ。こちらは妻のハナ。そして長男の――」

「クラウス・アイブリンガーです。妻のフィーネ共々、仲良くしてもらいたい」

勢いに押されてそう返したものの、これはこのまま進んで行ってもいい状況なのか、

「――こ、ちらこそ。ヴィクトーリア・シュペールです」

ヴィクトーリアは困惑していた。家族に紹介され、仲良くなんてしようものなら、もうレオナルトから逃げられないのでは、と一抹の不安が頭を過《よぎ》ったのだ。しかし、もう逃げも隠れもできない状況ではある。

ヴィクトーリアは勢いに呑まれながら彼らに勧められるがままソファに座り、改めてアイブリンガー家の面々と向き合った。

レオナルトの両親はヴィクトーリアの父より年上であるはずだが、ハナはとても綺麗に年を重ねていて美しいし、アイブリンガー卿は騎士を引退していても身体を鍛えているのか、まだ息子に負けないいくらい若々しい。

クラウスについては、驚くことに、ある噂がその通りで目を瞬かせた。レオナルトと本当によく似ているのだ。父から譲り受けたのだろう、灰青色の髪に深い青色の目、顔立ちも非常に似ている。ふたり並べば違いはわかるだろうが、双子と言ってもおかしくないほどだ。

ここにいない三男が揃ったら、さぞや壮観だろうと思わされた。

クラウスの妻のフィーネはまるで白百合のような美しい女性で、白い肌にまっすぐな黒い髪がよく似合っていた。

そんな神々しい人たちから視線を向けられることになったのだから、元凶であるレオナルトに、そもそもどうして風邪なんて引いたの！　と怒りを覚えても仕方ないだろう。

とはいえ、心の中で愚痴っていても仕方がなく、持って来た荷物を執事に渡す。

「これはお見舞いに、と思ったのですが——レオナルト、様と、よろしければ皆様にもお召し上がりいただければと」

先ほどから、レオナルトの名前に敬称を付けることに違和感があってたまらなかった。だが家族を前にして呼び捨てにするのもおかしいから必死で耐えるしかない。

「それはご丁寧にありがとう。見舞いなんて、君が来てくれるだけで充分だったんだが」

「ありがとう、何かしら、せっかくだから、皆で一緒にいただきましょう？」

ハナの提案に、ヴィクトーリアはまた緊張で身体が強張る。

「その……アップルパイです。これならば、人様に出しても大丈夫と家族に言われ——ですがお口にあうかどうか」

言い訳がましく言ったところで、皆が驚いたように顔を見合わせていることに気づいた。

「あの……？」

「……アップルパイ？　は、辛いのか？」

「そんなわけないでしょう」

アイブリンガー卿のおかしな質問にきっぱりとハナが答える。

何かまずかっただろうか、とヴィクトーリアはますます不安になった。

「あの……申し訳ありません、皆様が苦手だとは知らず――」

「いや、嫌いではない。レオが甘いものを欲しがったのか?」

クラウスの問いかけに、ヴィクトーリアは首を傾げた。

そう言われてみると、甘いものを食べているところは見たことがない。

そもそも、一緒に食事をしたのは初対面の時だけで、あの時はもっぱらお酒を飲んでいたのだ。ヴィクトーリアの肌を甘い甘いと、繰り返し嬉しそうに舐めていたから、甘いものが好きなのだろうと思ったのだが……

「いえ、お好きなのでは、と勝手に……」

「……そうか」

「あの……お嫌いなんですか?」

「いいや、そんなことはない。好きだとも」

嫌いだとしたら、嫌がらせでしかない見舞いになる。今更な確認だったが、クラウスはきっぱりとそれを否定した。

「そうだな、アップルパイは好物だったはずだ」

アイブリンガー卿まで深く頷く。妻たちもにこやかに笑っているから、嘘ではないようだ、とヴィクトーリアはようやく安心できた。

さっそく、使用人に切り分けさせたアップルパイを皆口に運ぶ。するとすぐさま、絶賛してくれた。幾分お世辞はあるだろうが、拒絶されてはいないようでほっとする。これならばレオナルトも喜んでくれるだろう。

「あの、レオナルト様は、風邪は大丈夫だったんでしょうか？」

彼の伝言を受けて、図々しくもすぐに見舞いに来てしまったが、まだ寝込んでいるのならここで引き返すほうがいいかもしれない。

そう思ったのだが、レオナルトの家族たちは顔を見合わせ、笑った。

「いや、もう大丈夫だ。ぜひ見舞ってやってほしい」

「そうだな。君が見舞ってやらないと、すぐに抜け出すだろう」

「風邪は軽かったのですね？」

笑って話すくらいだし、一日で治す、と本人が豪語したくらいなのだから、とヴィクトーリアは少し安堵したが、返って来た答えは予想外のものだった。

「いや、発火するんじゃないかというくらいの熱を出していた」

「そうね……あの子があんな熱を出すなんて初めてで、もしかして死んでしまうのでは、と心配したくらいね」

「え……っと」

それならば、早々に見舞いになど来てしまったヴィクトーリアは常識も弁えない迷惑な客ということになる。

どうしよう、やっぱり帰ろうかしら、と腰を浮かせたところで、クラウスが立ち上がった。

「彼——執事に案内させるから」

レオナルトに会いに行ってほしいということらしい。

「そろそろ、痺れを切らして勝手に出て来そうだからな」

確かに彼ならあり得そうだと思ってしまい、彼のことを家族と同じくらい理解している自分に困惑した。

ワゴンにヴィクトーリアのパイとお茶をのせて先を歩いていた執事が部屋の扉をノックする。するとこちらが何かを言う前に「遅い！」と中から怒鳴られた。

けれど執事は焦らず平然とドアを開け、ヴィクトーリアを通してくれる。

レオナルトの部屋は、使われていなそうな机と、彼の立派な身体に見合う大きなベッド、それにクロゼットだろう扉があるだけの飾り気のない簡素なものだった。

そのベッドの上で、レオナルトは上体を起こし、はっきりと怒りを滲ませている。

「遅い！　どうしてすぐに来ない？」

そんなことを言われても困る。

家を訪問する際のマナーも守れないようでは、貴族としてやっていけないのだ。

執事はひとり淡々とワゴンを部屋に入れると、ヴィクトーリアに顔を向けた。

「申し訳ありません、ヴィクトーリア様、この後はお願いしてもよろしいでしょうか？」

「——え、ええ」

一般的には、お茶の準備は初対面の、それも貴族の令嬢に頼むことではないから驚いたが、ヴィクトーリアとしては家でもよく自分で淹れるので特に難しいことではない。

むしろ、他の人がいないほうが緊張せずにすんでほっとするくらいだ。

「——なんだそれは？」

「お見舞いを持って来たの」

執事が早々に出て行くと、寝間着か部屋着かわからない、シャツにズボンという格好のレオナルトがワゴンに視線を向けた。ヴィクトーリアは用意されたポットからレオナルトのカップに紅茶を注ぎ、パイのお皿を差し出す。

「——食べられる？」

「これは——なんだ？」

「アップルパイ」

「——君が作ったのか？」

「ええ——そうよ。これだけは失敗したことがないから……嫌いだった？」

「——いや」

レオナルトは何故かアップルパイをじっと見つめていた。まるで最終兵器がそこにあり、今にも攻撃を仕掛けてきそうだと警戒しているようだった。

「どうしたの——というか、ごめんなさい。すごい熱を出したんですってね。まだこんなものは食べられるわけがなかったわ」

　戻そうとしたが、レオナルトの手にすぐ奪われた。

「食べられる」

「でも――」

「もうなんともない。大事を取って大人しくしていろと言われただけだ。それに君が見舞いに来るというから待っていた」

　そう言う彼は、確かに風邪を引いている様子は微塵も感じられなかった。

　あの嵐の中、あんな薄着でいたのに。信じられない、とヴィクトーリアは目を瞠る。

　そもそも、一日で風邪が完治するとでも？

　家族の話では、死んでしまうかも、というくらいの高熱を出したようなのに、今見る限り、レオナルトはいつもと変わらない。むしろ風邪を引いた直後にしては元気すぎるくらいだった。

　自分がおかしいのかレオナルトがおかしいのか。

　考えるまでもなく、自分はおかしくないと思うのだが、この頃は、常識の違うレオナルトに振り回されてばかりで、ヴィクトーリアもよくわからなくなっていた。

「――好きなんですってね？」

「何がだ」

「アップルパイ。クラウス様がそうおっしゃっていたわ」

「…………」

だが、レオナルトは己の仇を見るかのようにアップルパイを睨み、顔を顰めている。

いつもの余裕ある笑みなどどこにも見当たらない。

「クラウスのやつ……」

舌打ちするところも初めて見る。

「どうしたの？　……やっぱり、嫌いなら持って帰るから――」

「好きだ。大好物だ」

お皿を引こうとしたが、レオナルトはパイを手で掴み、二口であっという間に食べきってしまった。ほとんど噛んだ様子もないのに口の中を空にしたレオナルトがお茶を求めてくる。

渡すと、一気に飲み干した。

「――うまい」

「そ……そう？」

本当にそう思っているのだろうか、と疑念ばかりが募る食べ方だったが、特別好きなものはそういうふうに食べるのかもしれない、と追及は諦めた。

「それより――やっぱり、風邪を引いたのね」

「熱が少し出ただけだ」

「高熱が出たってちゃんと聞きました。あんな薄着で、あの嵐の中を歩くからよ」

「今まであの格好でなんの不都合もなかった」

「不都合がないって……」

驚きながらも、レオナルトが普段どこで暮らしているかを思い出した。

レオナルトの赴任地は南西、冬でも雪の降らない温暖な地域である。

「貴方……サウラン砦と王都を一緒にしないでくれる？　気温が違うことくらいわかるでしょうに——そもそも、子供の頃は王都で暮らしていたんでしょう？」

「帰って来たのは、久しぶりだったな」

「久しぶりって、どのくらいぶりなの？」

その問いに、レオナルトは少し考えるように首を傾げ、指折り数え始めた。

「いち、に……そうだな、見習いになってからだから、十年いや、正式に叙任された時には戻ったから、九年か？」

「きゅ……」

呆れて声が出なかった。

まさか、辺境に行ったまま、実家もある王都に九年も戻っていないなど、貴族としてはあり得ない長さだった。

「それほど用はなかったし——向こうでの生活になんの不便もない。今回も、クラウスの結婚式があったから休暇を兼ねて戻っただけだ」

つまり、家族の結婚という一大行事がなければ、まだ帰って来なかったということだろ

うか。どうして、と思ったが、何か帰りたくない事情があるのでは、と思い至った。

しかし、レオナルトが帰省を躊躇う事情を知るのが怖くて、ヴィクトーリアは、そう、と狼狽えながら頷くにとどめた。

「しかし、帰って正解だった。君に出会えたのだからな、プリンセス」

レオナルトはヴィクトーリアを見て、楽しそうに口端を上げる。

「その――」

ヴィクトーリアは顔を赤くしながら、この際だからと、前々から気にしていた呼び方の意味を確かめた。

「プリンセスというのは、やめてもらえないかしら？　どうしてそんなふうに呼ぶの？　私は王女様ではないし、王族の方々に対して失礼だわ」

「君は俺のプリンセスだ。だからそう呼ぶ」

「全然理由がわからない！」

レオナルトはどうしてわからないんだ、とまるで頭の弱い子を心配するような顔でヴィクトーリアを見ている。

そんな顔をしたいのはこっちのほうだ、とヴィクトーリアはレオナルトを睨む。

「プリンセス、君こそ俺の名を呼ばないな」

「――えっ」

指摘されて、どきりと胸が鳴った。

「君が呼んでくれたら、俺も考えよう」

「え、っと、でも……」

「レオナルトでもレオでも旦那様でもいい」

「最後のはないわ！」

「ほら言ってみろ」

からかいながら促されて、ヴィクトーリアは戸惑った。

名前を呼ぶだけだ。他の人を呼ぶ時に戸惑ったことなどない。なのに、レオナルトに見つめられながらレオナルトの名を呼ぶ。それだけのことが照れくさくて声が詰まる。

「プリンセス？」

「う……」

そっちも、私をそんなふうに呼ばないで、と言い返したかった。しかし言葉は詰まったままで、そこにレオナルトの手が伸びてくる。

顎を取り、親指の柔らかいところがヴィクトーリアの唇をなぞった。

「言わないのなら、呼びたくなるようにしてやろうか」

「――病み上がりなのに！」

彼の言わんとすることが、その手つきだけでもわかってしまうヴィクトーリアは、真っ赤になってそれをはねのけた。そんなささやかな抵抗にレオナルトが引くとはヴィクトーリアも思っていない。

どうしよう、と逃げ場を探したところで、ドアがノックされてびくりと身体が揺れた。

「レオ？　入っていい？」

返事をする前に、ドアが開いていた。

振り向くと、ハナがフィーネを連れて入って来るところだった。

「返事をしていませんが、母上」

「許可なんて待ってたら日が暮れちゃうでしょ。それより、ヴィクトーリアとお茶をしようと思って。女性だけで」

「母上、彼女は俺の見舞いに来たんです」

「お見舞いは終わったわよね？」

「いいえ、母上――」

「貴方は生まれて初めて風邪を引いたのよ。熱が引いてもぶり返すことがあるわ。もう少し大人しくしていて。代わりに、ヴィクトーリアの相手は私たちがしてあげるから」

「しかし――」

「ね？」

「母上――」

「ね？」

「…………はい」

ヴィクトーリアは驚いていた。

いつも自信たっぷりで、傍若無人といった様子で人の話を聞かず、自分の欲望に忠実なレオナルトが、母親にはまったく勝てないようだ。

「フィーネ、ヴィクトーリアを向こうの部屋に案内してあげてちょうだい」

「はい、お義母様。ヴィクトーリア、こちらよ」

「あ、はい――」

「ま――っ」

「レオ、貴方は毛布を被って寝ているのよ。少しの間私が付いていてあげる。ああ、子供の世話をするなんて、本当に何年ぶりかしら」

「母上……」

母に勝てないレオナルトが新鮮で面白く、少し見ていたいと思ったが、ヴィクトーリアはフィーネに促されて部屋を出た。

廊下を歩きながら、フィーネが笑って振り返る。

「驚いたんじゃない？」

「え……っと、何にでしょう？」

「私に畏まった言葉なんて必要ないわ。仲良くしてほしいんだもの」

「私と、ですか？」

「そうよ。ヴィクトーリア、貴女と」

「ですが、私はその……」

悪い噂があることは、フィーネやハナだって知っているはずだ。

困惑するヴィクトーリアに、フィーネは笑っていた。触れただけで倒れそうなほど儚い外見をしているのに、中身はとても天真爛漫な人のようだ。

「噂のこと？　あんなの、ただの噂でしょう？　貴女が綺麗だから、きっとどこかの誰かが嫉妬して流しているのよ」

「そんな――」

そうなのだろうか。

長い間、自分に付きまとうこの不名誉で悪意ある噂を疎ましく感じていたが、フィーネがこんなふうに笑って言うと、本当にそれだけのような気がしてくる。ヴィクトーリアは、すぐにフィーネが好きになっていた。ジジのように仲良くなりたいと思った。

「それより、レオのこと――アイブリンガー家のこと、と言ったほうがいいかしら？　驚いたんじゃない？　普通の貴族とはちょっと違うから」

お茶会をする部屋に入ると、フィーネはヴィクトーリアに椅子を勧めた。

庭に続く大きなフレンチドアのある部屋だったが、暖炉に火が入っており、とても暖かい。すでにテーブルに用意してあったお茶をフィーネが注いでくれ、それを受け取りながら確かに、と頷いた。

「びっくりは……しました」

「ね。騎士の中でも、アイブリンガー家は特別――体力もあるけど、ちょっと、他にもいろいろ、すごい、から」

頬を染めながら話すフィーネに、身体は大丈夫ですか、と聞いてもいいものかヴィクトーリアは躊躇った。騎士と結婚するには体力が必要だ、というのは学院に行った者なら誰もが知っていることだ。つまり、毎回執拗に求められるという意味であることをヴィクトーリアも理解している。

こんなに細い身体でフィーネがあれに耐えられるとは思えない。ヴィクトーリアは自分の身体で体感したことを思い出し、頬を染めた。

「大変だけど——逃げられないから」

「……えっ」

にこりと笑うフィーネに、どういう意味か訊き返そうとしたが、すぐにその意味を理解する。そして狼狽えた。

「そ、その……でも、あの」

「レオはきっとしつこいわよ……だってずっとプリンセスを探していたんだもの」

「プリンセス……」

っていったい何？

ヴィクトーリアはその言葉につい半目になってしまう。なんでプリンセスなのか。自分には未だ理解できない。

それに気づいたのか、フィーネが笑った。

「子供の頃からの、理想？　好きな人？　なんだか、そういうのがあるんですって、レオには。ずっと」

「はぁ……」

「本で読んだのか聞いたのか、絶対に自分だけのもの、という……存在？　のようなものがあって、それをずっと探していたんですって」

可愛く首を傾げられても、ヴィクトーリアのほうが傾げたい。

いったいどうして、自分がそんなものになったのだろう。

思い返しても、レオナルトにそんなふうに思われるようなことをした覚えがまったくないのだ。出会った時、ヴィクトーリアはすぐに酔っ払った。普通なら心証はとても悪いはずだ。

「まぁ、いいんじゃないかしら――逃げられないってことだけわかっていたら」

恐ろしいことを平然と言って優雅にお茶を飲むフィーネに、やはり訊いてみたくなった。

貴女も逃げられなくて諦めたのか、と。

しかしそれを訊く前にハナが入って来て、結局訊きそびれてしまった。

またの機会に訊くことにしようと、ヴィクトーリアはそれからリラックスしてお茶会を楽しむことができた。

悪い噂のあるヴィクトーリアを誘う人はほとんどいないし、一番仲の良いジジは貴族ではないからお茶会に一緒に参加することを避ける。ヴィクトーリアだって、相手の言葉の裏を読み、何を求められているのか探り合いながら、時には笑顔で貶されても笑って、なんでもない振りをしなければならないようなお茶会に、積極的に出たいと思ったことはなかった。

しかし、ここではそんな駆け引きは必要なかった。

ハナは自分の子供たちの幼い頃の面白い話で笑わせてくれるし、フィーネは外見にそぐわず茶目っ気がありおおらかだ。

気がつけばとても長い時間をそこで過ごしてしまっていた。いつの間にか日は暮れていて、晩餐も共に、という流れになる。そして何故か客室が与えられて今日は泊まっていくように、ということになっていた。

「――え？」

いったいどうしてこんなことになっているのか、ヴィクトーリアは、自分は実は相当流されやすい人間なのではないかと危ぶんだ。

「もう遅いし、今日はこちらでお預かりするわって、そちらの馬車に伝言を持たせて帰らせたのよ」

お茶会をしていた頃に、すでにそのように手配していたのだと言う。

つまり、ヴィクトーリアがアイブリンガー家に泊まることは、かなり早い段階で決められていたようである。

「遅くても、馬車があれば……」

とはいえ、初対面で初訪問の家に突然泊まるのも厚顔すぎる、と遠慮しようとしたが、

「馬車であっても、夜に女性ひとりを乗せて走るなんて危ないわ！　客間ならいくらでもあるのだから、どうぞゆっくりしていってちょうだい」

とあっさり返される。

何がなんでも帰さない、という意志を感じるのはヴィクトーリアの思い過ごしだろうか。少し不安を覚えたが、すでに馬車はないし、外堀を埋められては身動きがとれるはずもない。ヴィクトーリアは仕方なく、アイブリンガー家に泊まることになった。

晩餐にはレオナルトも参加した。未だ信じられないが、体調はまったく問題ないようだ。賑やかかつにこやかに進む晩餐の中、レオナルトは珍しく不機嫌な様子で、その理由はヴィクトーリアにはわからなかった。

婚約もしていないのに、ヴィクトーリアが彼の家族と仲良くするのが嫌なのでは、と思ったが、もちろんこの場でそんなことを訊けるはずがない。

デザートが出される頃になると、クラウスがレオナルトにアップルパイをにこやかに勧めている。

「ほら、お前の好きなアップルパイだ。ヴィクトーリアの持って来たものがまだ残っていたから特別にお前に用意してやったぞ」

レオナルトはじろりと兄を睨み返している。

まるでそこに天敵がいるかのようだった。

「クラウス………」

ぼそりと何かを言ったようだが、よく聞こえなかった。クラウスは笑ったままなので、兄弟でじゃれているようなものなのかもしれない。

そもそも、レオナルトは九年も実家に帰らなかったのだ。皆、久しぶりに戻った家族を構いたいのだろう。ヴィクトーリアはそう思い、終始大人しくしていることにした。

「美味いか、レオ？」

レオナルトはまた二口でアップルパイを食べきると、お茶を一気飲みする。

「――ああ、初めて食べるくらい、うまいよ」

答えたレオナルトに、家族全員が笑う。

いったい何がそんなにおかしいのか。

ヴィクトーリアはずっと不機嫌なレオナルトに、戸惑いしかなかった。そもそも、ヴィクトーリアがここにいるのはレオナルトが風邪を引いたからなのだ。泊まるつもりもなかったのにこんな状況になったのも、レオナルトのせいなのだ。どうしてそんなに不機嫌なのか。

そんな態度だから、ヴィクトーリアも面白くなかった。

どこか不穏な晩餐が終わり、ヴィクトーリアは客室に案内され、お風呂の用意までしてもらった。寝間着も用意してもらったが、大きさからしてすらりとした体形のハナやフィーネのものではないのはすぐにわかった。

いったいどこから出てきたのかと疑問に思ったものの、きっと泊まり客のためにいろんなサイズを取り揃えているのだろうと深くは気にしないことにした。

だが、お風呂を終えて寝間着を広げた時、一気に顔が赤くなる。

何故ならその寝間着は、非常に生地が薄く、光に透かすと身体の形が浮き上がってしまいそうなほど、はしたないものだったからだ。

これを――私が、着るの!?

いったいなんの嫌がらせだ、と思ったが、他家の使用人に対し、これは何か間違えているのではないか、と訊くのも躊躇われた。

幸い、側にガウンがあったから、それを羽織ることで気持ちを落ち着けることにする。

部屋に戻ろうと浴室の扉を見るが、壁の左右両方にあることに気づき、どっちから入ったのだったか、と悩み、躊躇いつつも、向かって左側の扉を開いた。

「――遅い！」

突然の声にびくりと足を止める。

「――えっ」

そこにいたのは、レオナルトだった。

相手もすでに寝る前の――というか彼は一日この格好だったけれど、その姿でベッドの

12

俺様騎士の不埒な求婚

秋野真珠　イラスト　氷堂れん

「君に夜這いを仕掛ける理由など、ひとつしかない。君が欲しいからだ、プリンセス」

「——」

「もう記憶の中の君を思い出すだけでは物足りなくなったからだ。君をもう一度抱いて、確かめて、夢でなかったと、この身に刻みたい」

　こっちの身にもなってほしい。ヴィクトーリアは赤い顔を背けたまま、レオナルトを見ることができなかった。

　こんな状況、嬉しいはずがないのに、これ以上抵抗ができない自分を知っている。

　さすがに、ここで力の限り大声で叫べば、父でなくとも使用人の誰かは気づいて助けてくれるだろう。

　恥ずかしいところを見られてしまうかもしれないが、今の状態で見られるほうがましなはずだった。

「プリンセス、もう一度、俺に確かめさせろ——君の身体が、どれほど甘いのかを」

　味なんてしない——

　そう言いたかったのに、ヴィクトーリアは近づいてくるレオナルトの顔を避けられなかった。突っ張っていた手は、そのまま彼のシャツを握りしめることしかできない。

…文庫
…報

2019年12月

丸木文華　イラスト　幸村佳苗

いほどにぴた
みながら、唇
た。
唇を合わせるほ
い欲求が腹の奥
まう。
を欲するように
に濡れそぼつそこを自ら男の硬いものに擦
狭間へあまりにも自然に分け入った。穴蔵
に、潮は椿の中へ埋没した。
、椿は目を見開いた。
は恐らく行雄の薬のためだろう。潮が
に腹をみっちりと満たされた感覚に、
なった。
」

12月の新刊

queen

丸木文華　イラスト **幸村佳苗**

瀬戸内に浮かぶ小さな島の網元《あみもと》の娘・椿《つばき》には、逞《たくま》しくも美しい“狂犬”が常に寄り添っている。8年前島に流れ着き、椿によって助けられた記憶喪失の青年・潮《うしお》だ。互いに恋情を抱きつつも主従関係を貫いてきた二人は、あるきっかけで官能の深みにはまってゆき――。

俺様騎士の不埒な求婚

秋野真珠　イラスト **氷堂れん**

元婚約者の結婚式でやけ酒をし、女たらしの騎士・レオナルトと関係を持ってしまったヴィクトーリア。一夜の過《あやま》ちで忘れるつもりだったのに、彼は翌日屋敷に押しかけ、結婚を迫ってくる。レオナルトの執拗かつ奇抜なアプローチに振り回されるヴィクトーリアだったが……!?

次回の新刊　**12月28日ごろ発売予定**

モフモフ悪魔の献身愛（仮）	山野辺りり	イラスト：緒花
初戀（仮）	最賀すみれ	イラスト：ウエハラ蜂

前で腕を組み仁王立ちしている。

扉を間違えたのかと慌てて振り返るが、瞬く間にレオナルトに腕を摑まれる。こうなると、彼から逃げられる術など思いつかなかった。

「間違いではない。俺の部屋だからな。浴室は、反対の部屋からも使える――繋がっているんだ」

「ええ……？」

怪訝な声になるのも仕方がないはずだ。

何故なら、婚約すらしていない女性を、続きの間で簡単に行き来できる客室に泊める貴族がいるとは思えなかったからだ。

「そもそも俺は、君を帰すつもりはなかったし――あいつら、今日は皆俺をからかって遊んでいたからな。君の部屋を隣にしないと、俺が完全に臍を曲げて二度とこの家に帰って来ないとでも思ったんじゃないか」

「……意味がまったくわからないのだけど」

「君が悪いんだ」

わかっているのか、と不機嫌そうに睨まれても、ヴィクトーリアにわかるはずがない。

そもそも、ヴィクトーリアが来るのが不都合なら、ゼンに見舞いに行くと伝言した時に駄目だと返せばよかったのだ。

家にまで来させておいて不機嫌になるなんて、レオナルトのほうが悪いに決まっている。

「君は身ひとつで来ればよかったんだ。別に見舞いの品など必要なかった」

レオナルトの、不機嫌というよりも拗ねているような顔に気づいて、ヴィクトーリアは目を瞬かせた。

「……もしかして、アップルパイ、嫌いだったんじゃないの？」

「君が作ったものは、全部俺のものだ！」

「嫌いなものでも!?」

「君の作るものに嫌いなものなどない！」

いったいどういう理屈だ、と言い返したかったが、彼の家族がずっと笑っていたのはこれだったのだ。嫌いなアップルパイを不機嫌な顔で美味いと言いながら食べるレオナルトが面白かったのだろう。

「嫌いだったのね。それなら、無理して食べる必要なんてなかったのに……」

「――違う」

「何が違うの？」

「別にアップルパイが嫌いなわけではない」

「全力で嫌いですって顔をしていながら何を言っているの？」

「――――甘いものが、口に合わない、だけだ」

「……………」

耳を疑った。アップルパイだけではなく、甘味が嫌いなのだ。

ヴィクトーリアは驚愕に目を見開いた後で、言わずにはいられなかった。

「だって貴方が！　いつも甘い甘いって嬉しそうに言うから！」

「それは君のことだ。君が甘いのは、平気だ。いくらでも食べられる。むしろ、甘くて美味しいから不思議ともっと食べたくなる」

「――――」

本当に味覚がおかしいんじゃないの、と言い返したかったが、ふたりだけでいるこの状況を思い出し顔が赤くなった。

その顔に満足したのか、レオナルトはいつもの余裕のある笑みに戻る。いや、それよりも何かを企んでいるような、意地の悪い顔だった。警戒しないでいられるはずがない。

「――君のせいだからな、責任を取ってもらおう」

「なんの責任!?」

「口直しだ」

甘いものを食べたから、甘いものを食べて口直しをする、というのは理に適っていない。なのにレオナルトに引き寄せられ、ヴィクトーリアは、気づけばベッドのすぐ側にいた。

このまま押し倒されれば、また先日の二の舞だ。

自分の家でもないのに――そもそも、結婚すらしていないのに、こんな関係はおかしすぎる。そしてそれを奨励するようなアイブリンガー家も異常すぎる。ちょっと違うどころではない、と教えてくれたフィーネに言い返したくなった。

「ま──待って！」

それに加えて、ヴィクトーリアは自分の格好も思い出した。

このガウンの下は、何も着ていないのと同じくらいの薄着なのだ。これをレオナルトに見せればどんなことになるか、考えなくてもわかってしまう。

「だ、駄目よ！　だって貴方病み上がりなのに！」

「風邪はもう治ったと言っただろう」

「そんなに簡単に治らないから！　大人しく寝ていて！」

「いやだ」

「子供みたいな──もう！　貴方が眠るまで添い寝でもなんでもしてあげるから、寝て！」

「……本当か？」

「え……っ」

真面目に問われて、ヴィクトーリアは自分が口走った言葉がなんだったかを思い出して焦りを感じたものの、なかったことにはなりそうもない。

視線を彷徨わせ、言い訳も考えたが、うまい言葉が見つからず、結局ガウンのまま寝てしまえばわからないかもと思い、頷いた。

「ええ、添い寝するわ。だからほら、早くベッドに入って……」

その言葉を待っていたかのように、レオナルトは勢いよくシャツを脱ぎ捨てた。

「どうして脱ぐの!?」

「下は穿いている」

ヴィクトーリアがいなければ下だって脱いでしまいそうな勢いだ。

レオナルトの均整の取れた逞しい肉体をまともに見てしまい、顔に熱が集中して慌てて視線を逸らす。こうして明かりに照らされた中で見るのは初めてで、緊張と戸惑いにおかしくなりそうだった。

「恥じらいはどうしたの!?」

「生まれて三日で捨ててきた」

「拾ってきなさい！」

どうしてこんなことを言わなければならないのか。

ヴィクトーリアは顔を両手で覆って嘆いているのに、レオナルトはまったく意に介さず、そのままベッドに上がりごろりと転がった。

「寝る時は、暑いからいつも何も着ない」

「だから風邪を引くのよ！　――ほら、毛布をかけて！」

目の毒でしかない逞しい身体は早く見えなくしてしまえ、と脚のほうにあった毛布を持って、子供にするようにかけてやる。

「プリンセス」

それで満足する相手ではなかった。

毛布の端を開き、ここに寝ろ、と言うように隣を叩く。

「……貴方が寝付くまで、ここに……では駄目なのね？」

言っている途中で目を細めたレオナルトに、半ば諦めながら覚悟を決める。

それでも明るい中で彼の隣に眠るのは躊躇われ、部屋の端にあったランプの明かりを消し、ベッドの側にある小さなランプの明かりだけにしてベッドに上がった。

「脱がないのか？」

「何を!?」

咄嗟にガウンの襟元を合わせてガードする。

レオナルトが言いたいことはわかっていたが、このガウンを脱ぐわけにはいかないヴィクトーリアは、とぼけ通すしかない。

「あ、ガウンね。これは、いいの——寒いし。私ガウンを着たままでも寝られるのよ。さ、貴方は早く寝てちょうだい」

転がったレオナルトの隣に潜り込み、毛布の上からぽんぽんと叩いてあげた。

しかしレオナルトの目はしっかりと開かれたままだ。

「昨日からずっと寝ていたから眠くない」

「でも病気の時は体力を消耗するものなのよ。自覚がなくても疲れているから目を閉じていればそのうち寝られるわ」

「もう風邪じゃない。まったく疲れていない」

「もう！　いいから目を閉じていて！」

「少し運動をしたら疲れて眠れるかもしれないな」

「運動なんて──」

いったい何を言っているのだと、呆れたようにレオナルトの顔を見ると、熱の籠もった目で見つめ返される。その目から、彼がどんな運動を欲しているのか理解し、一気に雰囲気が妖しくなる。

「そ、そんな──」

「少しでいい」

「駄目」

「プリンセス」

「駄目だったら！」

転がったまま、ヴィクトーリアに手を伸ばしてははねのけられ、を繰り返してもレオナルトは挫けなかった。

傍から見れば、じゃれているようにしか見えない攻防が続いた結果、レオナルトはヴィクトーリアのガウンの紐を引っ張ることに成功した。

「ちょ──っ」

「…………」

ガウンの前がはだけ、胸元からお腹のあたりまでが露わになる。

それを見たレオナルトは無言だった。ヴィクトーリアは慌ててガウンの前を掻き合わせたけれど、彼の視線はガウンの下を透視しているのでは、と思うほど強く真剣だ。

「こ、これは、その、私のではなくて——これしか用意されてなくて——」

「……クラウスだな」

恥ずかしすぎてレオナルトから顔を背けつつ言い訳をしていると、彼がぽつりと呟いた。

「え？」

聞こえた名前は確かに今日が初対面の彼の兄のものだ。いつもからかってばかりのレオナルトとは違い、真面目そうな雰囲気だった。じゃれ合うほど仲が良さそうだったけれど、ヴィクトーリアに対してこんな服を用意するなんて考えられず、思考がそこで止まった。

「——まぁ、今日は許してやろう」

楽しそうに笑いを含んだ声でそう言うレオナルトが、腹筋だけで上体を起こそうとしているのに気づき、ヴィクトーリアは人生で初めてこんなに速く動いた、というほど素早くレオナルトを押さえつけた。

「——っだめ！」

ベッドの上で起き上がろうとするレオナルトを両手で押さえ、けれどそれだけでは力が足りないと思ったから上にのりあがる。

思わず、の行動だったが、気づけばそれは、ガウンを乱したヴィクトーリアが、上半身裸のレオナルトの上に跨がっている状態だった。これではまるで自分がレオナルトを襲っているようだ。

「──あ、これは……っ違うの！　ごめんなさ──」

「俺は人を見下ろすほうが好きだが、君がこの体勢を望むのなら、やぶさかではないぞ、プリンセス」

「望んでいません！」

下から見上げてくるレオナルトは、完全に面白がっている。

しかも慌てて退こうとしたヴィクトーリアの太腿をしっかり掴んで放さない。

「ちょ──ッや、ぁん！」

高い声が上がったのは、跨がったヴィクトーリアを突き上げるように腰を動かされたからだ。慌てて口を押さえたところで、にやりと人の悪い笑みを浮かべるレオナルトに聞こえなかったはずがない。

レオナルトはそのまま楽しそうに、大きな手を太腿から腰へと滑らせ、肌の色まで透けて見えそうな薄い寝間着を裾から捲り上げる。

そして、ヴィクトーリアの秘所に自分の腰をぐりぐりと押し当てて刺激してきた。そこはすでに硬く大きなものが存在を主張している。

「や、だ、ちょっと、だめぇ……ッ」

ヴィクトーリアはそれだけで泣きそうになっていた。

たったこれだけの刺激で、自分の身体がすでに熱くなり、さらに強い刺激を求めてしまいそうになっているのがわかったからだ。

私、いつから、こんなふうに――

自分のはしたなさに呆れ、悲しくなるが、ヴィクトーリアを翻弄するレオナルトに抗う術はまだ見つけられていない。

だからこそ、泣いてしまいそうになるのだ。

泣きたくなんて、ないのに。

「だ、だめ、だめ――んんっ！」

下からのリズミカルな突き上げから必死に逃げようとするが、腰を摑んだレオナルトがそれを許さない。ヴィクトーリアは、ますます自分が濡れていくのを感じた。

やだ、だめ、もう、今日は――

目を潤《うる》ませながら、レオナルトの引き締まった腹部に手をついて、ヴィクトーリアを簡単に操ってしまう相手を睨みつける。

「だめだったら……！　病み上がりなのに、こんなこと！」

「病み上がりじゃなかったらいいのか？」

「そ、そういう問題じゃ――」

「そうだな。病み上がりといえばその通りだから、君がそこで、そのまま動いてくれ。そうしてくれるなら、今日はそれ以上のことは諦めてもいい」

「――え？」

レオナルトからの初めてとも言える妥協案に、一度は耳を疑った。

だが、その内容を頭の中で思い浮かべ、また顔が熱くなる。

「う、うご、く、って――」

「挿れずに、擦るだけでいい……それも気持ちいいからな」

「い、いれ……っ、そ、そうなの？　本当に？」

挿入しなくてもいい、と言われるとヴィクトーリアはまだましなように思えてしまった。

ヴィクトーリアが動かなければならないとはいえ、主導権を握れるのだ。

いつものように翻弄され、乱れて、訳がわからなくなることはないだろうと思うと、本当に良いことのような気がしてきた。

「このまま？」

「ああ、思うまま腰を振って見せてくれ」

言い方！　と怒りたかったけれど、すでにズボンの中から飛び出しそうなほど存在を主張しているレオナルトの肉棒に直接触れなくてもいいのなら、どうにか頑張れる気がしてきた。ヴィクトーリアは少しの逡巡の後、頷いた。

「……ズボンの上からでいいのよね？」

「構わない」

「じゃ、じゃあ……ちょっと、だけ」

本当にされるがままになっているレオナルトの腹部にもう一度手をつき、そろりそろりと腰を前後に揺らした。

「……っ」

レオナルトが息を呑んだ。笑みを噛み殺すように、顔を顰めている。

こんな反応を見るのは初めてで、もしかして、これがいいのかしら、とヴィクトーリアはもう一度腰を動かしてみた。

硬いものに擦り付けると、自分の秘所が濡れていくのが布越しでもわかる。滑りが良くなったことで、動きも自然と速まっていく。

「……っう、プリンセス――」

「あ……重たい？」

レオナルトに体重をかけ続けていることに気づき、慌てて手を放して腰を浮かせるが、レオナルトは自分の腹部に圧し掛からせるようにヴィクトーリアの手を引いた。

「そのまま――続けてくれ」

はぁ、と、こんなふうに大きく息を吐くレオナルトは珍しかった。

彼をこんなふうに乱しているのが自分なのだと思うと、ヴィクトーリアは身体の奥から昂りを感じ、もっと強く、腰を深く押し付けるように、大胆にレオナルトの性器と自分の秘所が擦れるように小刻みに揺らした。

次第に、自分もその動きに夢中になってしまう。

「ん、ん、んっ」

「ああ――プリンセス」

レオナルトが甘い吐息を吐き、確かに感じているのがわかった。ヴィクトーリアも、止められなくなる。

「あ、あぁんっ」

その時、それまで大人しくしていたレオナルトの手が、ヴィクトーリアの乳房を摑んだ。

ヴィクトーリアの腰の動きに合わせて淫らに揺れていたそれらを、ただ見ているだけでは我慢できなくなったのかもしれない。いろんな形に変えて楽しむかのように揉みしだき、薄い布地を突き上げて主張する胸先を親指の腹でぐりぐりと刺激していく。

「あ、あぁ、んっ、ん、んぁ……っ」

「――っくそ、プリンセス……！」

下腹部からの刺激と胸先の刺激に頭がぼうっとなり、早く、強く達してしまいたい、ということしか考えられなくなっていた。

ヴィクトーリアの前でレオナルトが舌打ちしたのをぼんやりとした頭で聞いたが、その瞬間、下から大きく突き上げられた。一際大きな刺激に襲われて、悲鳴のような声を上げてしまう。

「ひぁああんっ」

それでも、ヴィクトーリアはレオナルトから離れなかった。

全身が浮き上がるような強い突き上げだったが、自分の太腿に力を入れ、強く密着させ、刺激を求めた。

　それでいて、レオナルトの上で自ら動くことも忘れない。上手に動けているとは思えなかったが、ただ必死に高みを望むのみになって自分を揺らし続けた。

「や、や、やぁ、そ、それ……んんんっ！　だ、だめ」

　レオナルトの上で身を捩り、果てしない疼きと、次々に湧き起こる快楽に溺れる。もっと溺れてしまいたい、という本能にヴィクトーリアの理性は掻き消された。

「だ、だめ、あん、あん、あんっい、いく、いっちゃう……っ」

　もうそのことしか考えられなくなったヴィクトーリアは、自分が何を口走っているのか理解などしていない。その声のせいで、レオナルトの理性の糸まで切ってしまったことなど知るはずがなかった。

「――プリンセス、イけ！」

「あ、あ、あああぁあん！」

　つま先から頭のてっぺんまで恐ろしいほどの快感が走り、ヴィクトーリアは震えながらもそれに身を任せた。びくびく、と身体以上に、自分の秘所がひくついているのがわかる。それだけではない。熱く濡れてしまっているのもわかった。

　けれど、レオナルトの上で震えながら絶頂の衝撃に耐えていたヴィクトーリアは、下から見上げるレオナルトに自分の痴態がどんなふうに映っているかなど、考える余裕はなかった。

「は……っは、ぁ、はぁ、んっ」

胸の前で手を擦り合わせ、どうにか身体を落ち着けようとひたすら小さな息を繰り返していると、ゆっくりと冷静な思考が蘇ってくる。

私、今——何を。

自分が何をしてしまったのか、恥じらいを感じる理性が戻ってしまったのだ。

羞恥に全身が熱くなったが、自分がしたことをなかったことにはできない。特に、レオナルトが忘れてくれるはずはないだろう。

「あ……あの——？」

レオナルトの反応が怖くてそっと視線を向けたが、そこにあったのは満足からはほど遠い、剣呑な欲望を持った強い青い瞳だった。

「あ……っ」

しまった、と思った時には遅かった。

慌ててレオナルトの上から退こうとしたが、相手のほうが早かった。

「きゃ……っ!?」

ぐるり、と世界が回った。腹筋の力だけで上体を起こしたレオナルトが、今度はヴィクトーリアをベッドに倒したのだ。

ヴィクトーリアの視界いっぱいに入って来る存在に、どうしよう、逃げたい、しまった、ということしか考えられなくなる。

何度も身体を許してしまっているが、レオナルトの雰囲気がこれまでとは違う、とはっきり感じ取れたからだ。

「あ、あの」

「やってくれたな、プリンセス……」

「な、何を？」

なんとか誤魔化せないだろうか、とヴィクトーリアが動揺を隠せずに考えていると、レオナルトは真剣な眼差しの中に怒りすら滲ませていた。

怖い、と感じたのは、彼の表情がヴィクトーリアの見ている前で、剣呑な雰囲気を持った笑みに変わったからだ。

「ひ……っ」

こんなにも恐ろしい笑顔を作れるなんて、これはきっとレオナルトにしかできない芸当だろう、とどうでもいいことさえ考えた。

この状況が夢なら覚めてほしいと必死で願う。

「この俺に、十五の時に我が家に伝わる指南書を完全にマスターし、ズボンの中で果てることなど一度もなかったこの俺に、こんな辱めを与えてくれるとは……」

これは、しっかり、お礼をしなければな。

彼が笑いながら、低い声で囁く。

いったい、自分が何をしたと言うのだろう。

彼は、何が言いたいの？　指南書って何？　辱めってどれが？

どうやら怒っていることは確かだが、その理由がわからない。自分は彼の言う通りにしただけなのに。

戸惑うヴィクトーリアに、レオナルトはさらに微笑んだ。

「やられたらやり返す――それがアイブリンガー家の家訓でもある。さぁプリンセス、覚悟するといい」

「え、遠慮します……っ」

震える声で訴える願いが通じないだろうことは、ヴィクトーリアにだってわかっていた。お腹を空かせた肉食獣と同じ檻に入ってしまった自分が悪いのだ、とヴィクトーリアは今度こそ心から反省した。

結局、空が白み始めるまでレオナルトに啼かされ続けたヴィクトーリアは改めて思った。騎士の相手をするには、かなりの体力が必要であると――

最後には気絶するように睡魔に引き寄せられたヴィクトーリアの思考はそこで終わった。

＊

「プリンセスと結婚する」

レオナルトがそう言ったのは、アイブリンガー家の皆が集まった朝食の席でのことだった。

ここにヴィクトーリアはいない。まだ寝ているからだ。

簡単には起きないだろう。あれだけ抱き潰したのだから。昨夜は、抱いても抱いても飽きることがなかった。もっともっとと欲望が募るばかりで、自分がおかしくなったのかと思ったほどだった。

レオナルトの宣言を聞いた家族は、全員、同じように目を丸くした。

「――むしろ、あのお嬢さんと結婚しない選択肢があると思うことのほうがおかしいだろう」

「私は自分の子供を、自分で責任を取れないほどの愚か者に育てた覚えはないわよ」

呆れた顔を隠しもせずに言った両親にレオナルトはただ頷いた。

了承を得るために言ったわけではないのだ。ただ、改めて伝えておこうと思っただけだった。

それに、レオナルトだって曲がりなりにも社交界に片足を突っ込んでいる貴族である。このまま誰にも知らせず結婚するのはまずいというのはわかっている。一応。

結婚式自体を豪勢にしたいとは思わないが、それこそヴィクトーリアの意向も聞かなければならない。レオナルトは辺境が好きでそこに住み続けるつもりだが、貴族として社交界から足を洗ったわけではないのだ。最低限の付き合いは保たなければならないだろう。

しかし婚約を公表したいのは、他の理由があった。

ヴィクトーリアに付きまとう、不名誉な噂のことだ。

これ以上、そんな噂が流されることを許すはずがない。犯人を捕まえる――おびき出すためにも、ヴィクトーリアが婚約したことを知らしめることはてっとり早い方法だ。

レオナルトと結婚することで、噂などいくらでも吹き飛ばせるのだと証明する必要があった。

「――あまり気は進まないが、何かのパーティに出ようと思う」

「ヴィクトーリアとだな？」

「当然だ」

「護衛は誰が付く？」

「ひとまず部下と――グレイを引っ張ってきている。まだ見習いだが、俺の弟ならプリンセスに見つかっても警戒されることはないだろう」

「――ふむ、まぁいいか」

護衛は対象者に姿を見せてはならない――それが騎士団の者が護衛をする時の鉄則だった。

家族からはグレイと呼ばれている三男のグレイルは、まだ学院を卒業したばかりの騎士見習いで、雑用も多く騎士団の寮に入っていて家にはいない。だが、幼い頃から父とクラウスとで仕込んでいたから大丈夫だろう。クラウスもそれに同意したところで、母が首を振った。

「可愛い末っ子を雑に扱わないでちょうだい」

可愛い？

母以外の全員が末の弟を思い浮かべたが、クラウスよりも無表情で愛想がなく、でかいだけの弟を、可愛いなどと言う人間はこの国広しと言えども母だけだろう。

「母上、近々何か婚約者同士が出向くのに相応しい催しはありますか。できれば昼間のものがいいです」

話題を変えると、少し不満そうな顔をしたものの、母は考えながら答えた。

「ここ数日のうちにいくつか誘われているものがあるわ。その中から選びましょう」

「お願いします、母上」

「ともかく、今日はちゃんとヴィクトーリアを家に帰すのよ」

「…………い」

「帰すのよ。それに、婚約中は夜になったら家に帰すこと。今回は特別の特別だったの」

社交界を利用する以上、節度を持った付き合いをしなければならないのはわかっている。

母に念を押され、レオナルトは渋々頷いた。

本当は、このままずっとベッドに押し込めて、彼女が起きて体力が戻ったらもう一度抱いて、を繰り返すのが理想だ。ただ、そんなただれた生活を家族が許してくれるとは思えない。ここがサウラン砦だったら……とレオナルトは不満のため息を漏らした。

昨日は飢えた獣にエサを与えるようにヴィクトーリアを差し出したくせに、今日は貴族としての常識を持ち出してくる。だが、それもこれも、ヴィクトーリアを手に入れるためには仕方のないことだ。自分は社交界など本当はどうでもいいが、ヴィクトーリアや彼女の家族のために、ここは受け入れるべきだろう。

少しの間我慢するだけで、ヴィクトーリアを辺境に攫っていけるなら、これくらい我慢できると思った。

おそらくは。

5章

どうしてこんな状況になっているのか。

いや、ヴィクトーリアにはわかっていた。

わかっていたけれど、認めたくなくてただ流されるままになっているのだ。

ハナとフィーネに誘われて、お茶会やら詩の朗読会やらに赴き、レオナルトに絵画鑑賞や食事へ連れ出されて、今日で三日目になる。

レオナルトと出かければ、どこにいても注目される。

風邪を引いて以降、彼の装いはいつものシャツにズボンという格好の上に冬用のジャケットを羽織るようになったが、騎士の隊服は着ていない。隊服を着なくても、その顔立ちや均整の取れた身体つきからは気品と自信が溢れていて、人を惹きつけずにはいられないようだ。

そんな彼とヴィクトーリアが一緒にいることは、瞬く間に社交界に広まったようだ。

ヴィクトーリアが、不幸にする次なる相手を見つけた、と。

自分の噂や評判を考えると、彼や彼の家族とも一緒に出かけないほうがいいとわかっているのに、彼らから強引に誘われると断り切れずにいる。

いっそ部屋に閉じ籠もってしまえばいいのかもしれないが、レオナルトが夜中に侵入してきたことを考えると、どうやっても連れ出される気がして、諦めて従うほうがましだと思うことにした。

それに、ハナやフィーネに誘われることは、本当はとても嬉しかった。

社交界で、あまり貴族らしい付き合いをしてこなかったヴィクトーリアに、初めてできた貴族の友人——というのは気が引けるが、気安く話せる相手なのだ。

彼女らの友人たちも同じように付き合いやすい人たちばかりで、中には遠巻きにする人もいたが、今のところ直接的に何かを言われたりされたりすることはなかった。

ずっと辺境の地にいたにもかかわらず、社交界で圧倒的な人気を誇るレオナルト・アイブリンガーと一緒にいるのだ。嫌味くらい言われるだろうと思っていたが、まだヴィクトーリアの耳には届いていない。そもそも、噂好きな人々との接触がないのだから当然ではあるのだが。

アイブリンガー家の人々は、それがわかっているのか、上手にヴィクトーリアを心地よい場所にのみ連れ出してくれている。

とはいえ、気にならないわけではないので、噂に敏感なジジに今度聞いてみるべきかもしれないと心に留め置いた。

彼らのおかげで、苦手だった社交も限定的ではあるが続いているし、レオナルトとの付き合いも一応順調ではあった。つまり、あの夜のようなことはない。

飢えた獣に貪られるように抱かれた、アイブリンガー家でのあの一夜。

あの翌日、ヴィクトーリアが目を覚ました時は昼をとっくに過ぎ、夕方を迎えていて、外は暗くなりかけていた。

さすがに二泊するのは遠慮して、レオナルトに送ってもらい帰宅した。

出迎えた父は、疲労感をまだ隠せないヴィクトーリアと、いつもの余裕綽々の笑みを浮かべるレオナルトを見るなり、ため息を吐くように首を振った。

それだけだった。

それだけだったことが、逆にヴィクトーリアを困惑させる。結婚も人生もヴィクトーリアの自由にさせてくれるが、娘を大事に思ってくれているのはよく知っている。おそらく、適当な人と結婚する、と言い出したらちゃんと反対してくれる――そんな予測がつく父なのだ。

その父に、反対されているわけではないことが、ヴィクトーリアの気持ちをもやもやとさせる。

まだ、結婚するとは決まってないからだ。

「それ、ただの悪あがきだと思うけど」

今日、ヴィクトーリアは久しぶりにジジと会えた。

あの結婚式の後、迷惑をかけてしまったジジにどう謝ればいいか悩んでいるうちに時間が過ぎていた。レオナルトに振り回されて、連絡する余裕がなかったのもあるが。

朝から遊びに来てくれていたジジに、どうしたらいいかわからない現状を素直に話したら、元々歯に衣着せぬ言い方をする彼女は、さらに遠慮なくずばりと言い切った。

「わ、るあがきなんて……」

「悪あがきでなくてなんと言うの？」

「うぅ……っ」

サロンルームのひとり掛けのソファは、ジジのために買ったもので、彼女もそこがお気に入りだった。今日もそのソファで寛ぎながら、優雅に紅茶を飲みつつヴィクトーリアに鋭い突っ込みを入れていく。

「だって、もう社交界はもちろん、学院にだって知らない人はいないと思うよ？　君がレオナルト・アイブリンガーの恋人だってことは」

「が、学院の人たちも!?」

「そりゃそうだよ。学生だって半分以上は貴族なんだから社交界の噂話は聞き逃したりしないよ。私はいろいろ伝手があるからね、君のためにちゃんと聞いてきたよ」

予想はしていたが、結果を聞く心構えはまだできていなかったようだ。

そんな思いが顔に出ているはずなのに、ジジはまったく気にせず、紅茶のカップをテーブルの上のソーサーに戻して身をのりだした。

「いい？　レオナルト・アイブリンガーって人はね、幻の騎士だったの」

「………………は？」

意味がわからなかったヴィクトーリアは、眉根を寄せて首を傾げた。

ジジは言いたいことはわかる、と言うように一度頷いて、説明を続けた。

「代々近衛騎士を輩出してきたアイブリンガー家の男たちの中で、ただひとりだけ辺境に赴任して、しかも長い間王都に帰って来ない。つまり社交界にもめったに顔を出さない、幻の騎士様ってわけだね」

「……はぁ」

言っている意味や状況は理解できた。

確かに、本人も九年ぶりに王都に戻って来たと言っていた。ちなみに、王都で暮らしていた頃の彼は女性とも気軽に付き合い、人好きのする性格から社交界の華と呼ばれるほどもてはやされていたらしい。

それが、突然辺境に行ってしまった。

それ以来、ほとんど社交界に顔を見せない。想いを寄せていた女性たちも、ぶつりと自分の気持ちを断ち切られ、ずいぶん辛い思いをしたようである。

ただ、その想いは記憶の中にいつまでも留まり、久しぶりに王都に戻った彼の変わりない姿を見ると、大勢の女性たちがかつての恋を思い出し騒ぎ出したのだ。

だが本人は、王都に戻ってもパーティなどに出席せず、いつの間にか悪い噂の絶えない女と付き合っている——というわけで、ヴィクトーリアの評判はこれまで以上に悪くなっていた。

それが、今のことである。

もちろん、レオナルトからの猛烈なアプローチにヴィクトーリアが流されているような状態なのだが、傍目から見ればそんなことはわからない。レオナルトがヴィクトーリアの毒牙にかかってしまった、と多くの者が思っているようだ。

「——まったく逆なのに！」

ヴィクトーリアは思わず声を荒らげてしまった。

「私、付き合いたいなんて言ってないのよ！　なのにあの人はいつもいつも強引で、それにハナ様やフィーネを無視するわけにもいかないし……！」

「私は君のことを知っているから、そうだろうなぁ、と思うけど、レオナルト様が強引だって言いながらも君が付き合っていることも、そうなんだろうなぁ、と思っているよ」

「そうなんだろうなぁって、何が？」

問いかけながらも、答えを聞くのがなんとなく怖かった。

ジジは何故か達観した様子で淡々と教えてくれる。

「これまでどんな男にも興味ありません、婚約者とだって必要最低限の付き合いしかしません、って態度を崩さなかったトーリアが、誰からの誘いも最後まで言わせない勢いで拒絶しまくっていた君が、強引とは言ってもひとりの男に大人しく振り回されているっていうことがどういうことなのか、もうわかってるでしょ？　なのに認めないって言い続けるから、悪あがきしてるって言ったんだ」

「…………」

ヴィクトーリアには何も言えなかった。

ジジの言っていることは、正しい。

けれど、認めたくなかった。

自分の心が誰かに揺さぶられている、惹きつけられている。感情を制御できず、何気ない相手の言葉ひとつに振り回される。それがどういう意味を持つのか知っていた。けれど認めてしまえば、ヴィクトーリアはさらに混乱の渦に呑み込まれるだろう。それが怖かったのだ。

誰かを――好きになるなんて。

そもそも、好きになったきっかけもわからない。

初対面の異性を前にしてあんなに酔っ払ってしまったのも、もしかしたらその時から心が動いていたからだろうか？

そしてあまりにもあっさりと、レオナルトを受け入れてしまったのは――

考えると、顔が赤くなった。

にやり、と笑ったジジに、何もかも見透かされていると知りながらも、ヴィクトーリアは両手で顔を隠す。

「でも――あの人騎士なのよ!?」

「今更だよ？」

「騎士って常識がおかしいの！」

「残念ながら私は騎士と付き合ったことがないからわかってあげられないなぁ。私が知っているのは、騎士と付き合うには体力が必要ってこと――本当に必要なの？」

「――――」

半分以上面白がっているようなジジのあけすけな質問に、恥じらいを捨てられないヴィクトーリアが答えられるはずがない。耳まで赤くしたことが、答えになっているのだが。

「あはははは」

ジジはとうとう大きな声で笑い出した。完全にからかわれているヴィクトーリアは怒りすら覚えたが、こんな自分とずっと友人でいてくれる彼女を、嫌えるはずもない。

憎たらしくて、すねた子供のように睨みつける。

「他人事だと思って……」

「あはは、そんな、他人事だなんて思ってないよ。大事な友達のトーリアのことだもん。だからそこいらの適当な男にはやれないと思ってるよ。もちろん君の元婚約者たちは、私の規定ラインを超えてもいないからね」

「……彼らにも理由があったのよ」

「だからって、トーリアを貶めてもいいって理由にはならないよ」

ジジには、ヴィクトーリアの婚約と破棄の理由をすべて話してある。

最初の婚約者であるレックス・ラベルトとは、父親同士が知り合いで付き合いも長く、「お互いの子供を結婚させよう」という口約束のようなもので婚約することになった。

もちろん、婚約の意味などわからない子供の頃のふたりは、友達付き合いを続けていて、婚約の意味を理解する頃には、レックスが他の女性に心を奪われていた。

ヴィクトーリアに対する裏切りか、と言われるとそうでもない。ふたりとも、成長するにつれ、お互い友人以上の関係にはならないとわかっていた。それに、その頃からラベルト家の状況が悪くなっていた。投資の失敗がきっかけで、家はどんどん落ちぶれていったのだ。

裕福なシュペール家に頼れば簡単に盛り返すことができたであろうが、高潔なラベルト家の人たちは、友人からお金を借りることができなかった。

学院に入学した頃には、すでに悪い噂が広まりつつあったヴィクトーリアは、婚約者も助けない令嬢としてさらに悪名が知れ渡ることになった。

ヴィクトーリアが学院に入学してしばらく経った頃、レックスはある女性と出会い、恋に落ちた。幸運にも、その女性の家は貴族ではないがとても裕福で、ラベルト家を援助しても良いと言う。レックスや彼の家にとって良い話だった。そこで彼はヴィクトーリアとの婚約を破棄し、その運命の女性と結婚した。

その後すぐに、彼女の家の資産により、ラベルト家は持ち直した。

それが、事の顛末である。

傍から見たら、ヴィクトーリアと別れた途端、レックスは何もかもがうまくいくようになった、ともとれる。だから悪い噂が立つのも仕方がないと、ヴィクトーリアも思った。

次の婚約者であるアンディ・エルトンは、レックスの紹介だった。

レックスは、ヴィクトーリアのことを昔から知っているだけあって、彼女が恋愛に興味がなく、恋人や想い人もいないことを知っていた。

だからこそ、アンディの名ばかりの婚約者になってくれないか、と持ち掛けてきたのだ。

彼のお願いはこういうことだった。

アンディには結婚したい女性がいる。相手はエリカという女性で、学院にも二年通っただけの平民だ。血統を重視するエルトン家の者が平民と付き合っているなんて、許されるはずがない。それにアンディがどれだけ心を砕いても、攻撃されるのは立場の弱いエリカのほうだともわかっていた。

だからこそ、自分の力でエリカを守れるようになるまで、婚約者のふりをしてくれ、ということだった。

ヴィクトーリアはこの件について深く考えなかった。すでに蔓延している悪評があるのだから、悪い噂がもうひとつ増えたところで一緒だろう、とその時は簡単に考えた。

ヴィクトーリアの悪評を知っていながら頼らなければならないほど必死だということに

同情したし、数年で決着を付ける、とアンディに誓われたからだ。

事実、アンディは本当に約束の期限内に決着をつけた。

自ら事業を興し、エルトン家から離れて自立できるほどの力を持ったのだ。その努力は尊敬するし、彼の想いが報われてよかったと、ヴィクトーリアは心から祝福した。

別れた婚約者を結婚式に招待するという厚顔さには驚いたけれど、互いの関係は良好で、ヴィクトーリアに問題があったわけではない、と世間に思わせるためだと言われれば、納得できないこともない。

ただし、世間はそんなふうには読み取らなかった。つまり、ヴィクトーリアと別れたから幸せになれたのだ、という歪んだ解釈となったのだ。

悪い噂には、アンディの心遣いも勝てなかったようだ。

誰かが近づくたび、誰かに近づくたび、ヴィクトーリアの悪い噂はどうしてか広まっていく。だからヴィクトーリアが人付き合いに疲れ、孤独でいることに安らぎを覚えるのも仕方のないことだった。

なのにレオナルト・アイブリンガーという男が、そのすべてを覆した。

ジジが今こんなふうに笑っているのは、ヴィクトーリアが孤独とは言えない状況に陥り、普段のように冷静でいられないのがわかっているからだ。

親友である彼女は、ヴィクトーリアが誰よりも感情豊かで、人が傷つくのを嫌う優しい女性だと知っている。

「レオナルト様なら、君を辺境に攫っていったとしても、笑って見送れると思うよ。寂しいけど」

「——そんな」

辺境に行く——

彼との結婚がどういうことなのか、その意味を、ヴィクトーリアは今更ながらに理解した。

おそらく、レオナルトは辺境騎士団を辞めないだろう。

王都に九年も戻らず、楽しそうにそこでの暮らしを語る姿を見た身としては、今更王都の近衛騎士団に配属されることを受け入れるとは思えない。

休暇で王都に戻っても、生活の基盤は辺境にある。

ならば、ヴィクトーリアはどうするのか。

王都を、そして友人や家族を置いて、彼と一緒に——？

そんな未来を思い浮かべそうになった時、サロンルームにノックの音が響いた。

「——お嬢様、少々よろしいでしょうか？」

「——マーティ？　どうぞ」

ドアの向こうから声をかけてきたのは、父の店で働くマーティ・グラスという男だった。

幼少の頃に下働きで店に入り、そこから努力を重ね、仕事の一部を任されるまでに成長した彼のことはヴィクトーリアもよく知っていた。

「失礼いたします――ご歓談中に申し訳ございません」

　彼は物腰が柔らかく紳士的で、どんな貴族の前に出しても大丈夫だと父に太鼓判を押されるほどよくできた従業員でもある。大きな箱を抱えて入って来た彼に、ヴィクトーリアは訊ねた。

「いいのよ、急ぎの用があるんでしょう？」

「はい――頼まれていたドレスが仕立屋から届いたので、早くご覧になりたいのではと思い、お持ちいたしました」

「まぁ――ありがとう」

　マーティは持っていた大きな箱をお茶のカップを避けてテーブルの上に置き、リボンを解いた。

「まぁ――本当に、素晴らしいドレスね」

　箱の中に詰められていたのは、最新の型で仕立てられたドレスで、ヴィクトーリアの赤い髪によく似合う翡翠色の生地でできており、それが光の反射でキラキラと輝いている。ところどころにあしらわれたレースも極上の繊細さを誇っていて、あまり華美な装いを好まないヴィクトーリアでも、このドレスは一目で気に入ってしまった。

　ヴィクトーリアは手を伸ばし、その生地に触れる。

「マリタ村の絹ね。それに、染色もとても素晴らしいわ」

「ありがとうございます。職人たちも、そのお言葉だけで苦労が報われるでしょう」

「何かお礼をしたいのだけれど――そうだわ、先日の嵐で、マリタ村のほうに大きな土砂災害があったと聞いたわ。お父様にも言ったけれど、救援物資は届いているのかしら？　それに生活が大変でしょうから、ある程度元の生活ができるようになるまで、買い取りの単価を上げるようにお願いしたの。村の人々は大丈夫？」

「もちろん――皆、お嬢様のお心遣いに大変感謝しております」

父の店で、国の北東部を任されているマーティの管理下には、素晴らしい絹を織る人々の暮らす村がある。マリタ村の彼らと取引をし始めるようになってから父の店は急激に売り上げを伸ばし、成長の足掛かりにもなっていた。

ヴィクトーリアもそれを知っているから、災害の被害を聞いた時はとても心配ですぐに父に状況を確認した。もちろん、自分の考えることなど父はすでに考えていて、すべて手配済み、と言われてひとまずほっとしたのだった。

だが、あの悪い噂が立つようになって、外出することがままならなくなったヴィクトーリアには、彼らの無事を王都の屋敷から祈ることしかできない。

ヴィクトーリアの噂は地方にも広がっていて、側にいると不幸になる令嬢に会いたいと思う職人や商人はまずいない。

最初は、幼いヴィクトーリアを可愛がってくれていた彼らが、いつからか声をかけてこなくなり、遠巻きにするようになり、そして何より、申し訳なさそうな顔で見つめてくるのが、ヴィクトーリアは辛かった。

彼らにそんな顔をさせてしまう自分が一番悪いのだと思ったことが、父と一緒に出かけるのをやめたきっかけだった。

それでも、心優しい人たちを忘れることなどない。

「良かったわ――これからもよろしくね、マーティ。このドレス、本当に素敵だわ」

「ありがとうございます。しかしお嬢様、このようなドレスをどちらでご披露されるのですか？」

尋ねられるのも無理はない。

社交界でも最低限の付き合いしかせず、地味に装うことで噂をなるべく広めないようにしていたヴィクトーリアだ。そんな彼女が突然ドレスを新調したのだから、意外だったに違いない。

「ちょっと――夜会に呼ばれてしまったの。断り切れなくて。流行遅れの格好でパートナーに恥をかかせるわけにはいかないでしょう？　だから助かったわ」

「いえ――私は、お嬢様のためなら、なんでもいたします」

最後まで礼儀正しかったマーティがドレスの箱を置いてサロンルームから去ると、それまで傍観者に徹していたジジがさっそく声をかけてきた。

「それ、レオナルト様と出席するパーティのドレス？」

「――そう、なの」

なんだかんだ言いながら、ヴィクトーリアは新たにドレスを注文し、誘われた夜会にレオナルトと出かけるのだ。

「へぇ、王城で催されるヤツだっけ？」

「ええ、そう、騎士団の――演武会の打ち上げのようなものだ、って言われたんだけど」

騎士団の演武会は年に数度行われるもので、演習風景を一般の者にも公開する催しだった。

一般の者と言っても貴族がほとんどだし、基本的には招待客ばかりだ。

そして、女性が八割を占めている。騎士団のほうも、結婚相手を見つけるお見合いの場として使っているようで、毎年その会の後で結婚する騎士も少なくない。

近衛騎士団が主催だから、レオナルトは招待客のひとりだが、社交界の華ともてはやされていた彼が注目を集めるのは間違いなかった。

そこに、ヴィクトーリアが並んで出席するのだ。

どんなことを言われるか、今から覚悟しておかなければ、とヴィクトーリアは思ったが、ふと、その様子をニヤニヤと笑いながら見ているジジに気づき、目を眇める。

「なぁに？」

「別に？　トーリアがそのドレスを着れば、今よりもっと綺麗になるだろうね、と思っただけだよ」

「……本当に、綺麗なドレスよね」

何か含みがある気がするが、それを考えてしまうと眠れなくなりそうなので受け流すことにする。だがそこで、ジジは思い出したように訊いた。

「――そういえばあの、マーティって男は、いつもトーリアのところまで荷物を持ってくるの？」

「そうよ？　子供の頃から働いていて、この屋敷の者も皆知っているわ……何か？」

ジジは不快そうな表情になっていた。

「なんだか、変な感じだったからさ」

「何が変なの？」

「なんだろう――あの男、私と同じ平民なんだよね？」

「そうよ」

「それで、トーリアたちとも付き合いが長い――」

「うん、それが？」

「――なのに、あの態度？　なんだか、すごく、卑屈な感じがしたよ」

「え――？」

言われても、いつも礼儀正しい人という印象しかないヴィクトーリアは、そうだろうか、と首を傾げるしかない。

「でも、優秀な人なのよ。北東部を担当しているのだけど、売り上げがいつもよくて」

「へぇ……それはすごいね、と思うけど……あんまり会いたくないなぁ」

「そう？　なら、次は貴女のいるところでは会わないようにするわ」

「うーん、それもやだなぁ……」

「どっちなの!?」

「トーリアは私のトーリアなのに……。もうすぐ、レオナルト様のトーリアになるけど」

「なんの話!?　それに私はあの人のものになんて――！」

「それまでは私のトーリアでいてほしいな」

「ジジ！」

冗談交じりであっても、ジジの想いは伝わってくる。

それがわかるから、ヴィクトーリアはこの時がとても楽しかった。

もし――ヴィクトーリアが辺境に行ってしまうと、もうジジとこんなふうに会えなくなるかもと考えて、それだけが辛いと思った。


それから二日経ち、ヴィクトーリアは演武会の会場である騎士団の訓練場に向かった。

レオナルトは何か外せない用があったらしく、騎士団の前で待ち合わせ、そこから広い訓練場へ向かう予定だった。

普段、騎士団以外の者の出入りが厳しい営舎も、この日ばかりは一般人で賑わっていた。

賑わいすぎて、訓練場の出入り口には長い馬車の行列ができている。降りて歩いたほうが早いとわかっていたが、ここで順番を待つのが貴族の倣いでもあったので、ヴィクトーリアは大人しく馬車に乗っていた。

会場には観覧席があり、屋根も設置されていると聞いたが、砂埃《すなぼこり》が舞うと聞いていたので、ヴィクトーリアは多少汚れても大丈夫な、いつもより明るめの装いだった。

首周りに襟があり、肩口から手首まで隠すデザインのドレスで、もちろん屋外だから毛皮のフードが付いた外套も忘れていない。

昼間の演武会を見終わった後で、参加者は一度着替えに戻り、夜になって王城で催されるパーティに出席する。騎士たちは礼装姿で、眩しいくらいに華やかになるそうだ。

一度も見たことがないから聞いた話でしかないが、演武会と王城のパーティの話をするハナとフィーネの表情がいつになく輝いていたことからすると、一度は目にしておいても損はなさそうだ。

だから、というわけではないが、ヴィクトーリアは今日を楽しみにしていた。

期待が膨らみ、まだかしら、と馬車の小さな窓から外を見ようとして、いきなりその扉が開いたことに驚愕して固まった。

「——遅かったな」

「な、なん……なの⁉」

当然のように乗り込んできたのは、馬車を降りた先で待ち合わせをしていたはずのレオナルトだ。

「用が早く片付いたんだ。訓練場に向かっていたが、君の馬車を見つけた」

だから乗り込んだ、と、何もおかしなことはしていないという偉そうな態度にヴィクトーリアは頭を抱えたくなったが、これがレオナルトだと言われれば頷いてしまえるくらい彼のことを知ってしまっていた。

しかし、ヴィクトーリアを見た途端、

「着すぎじゃないのか？」

というレオナルトの声には少しばかり落胆した。

褒められるのを期待していたわけではないが、自分の装いをそんなふうに片付けられると、久しぶりに明るい色のドレスを着たというのに、報われない自分にため息を吐きたくなったのだ。

「――貴方が、着なさすぎなのよ……寒くないの？」

一般的な冬の装いをしているヴィクトーリアに対し、レオナルトは普段よりはまともと言えるが、シャツの上に上着だけという軽装だ。

「これが妥協点だ」

「また風邪を引いても知らないから」

「君が見舞いに来てくれるなら、また風邪を引いてみるのもいいな」

「二度とお見舞いなんて行かないわ!!」

顔を赤くしながら全力で言い切るヴィクトーリアを、レオナルトは面白そうに見つめている。いつものの、外套の下を透視しているかのようなあの目だ。

ヴィクトーリアは慌てて胸の前で手を交差させた。

「見ないで！　向こう向いて！　目を瞑っていて――！」

「わかった」

理不尽な命令に大人しく従うレオナルトを見て、この流れは前にもあったような、と思い出し、耳まで赤くしてレオナルトの手を摑んだ。

「だめ！　目を開けて！　考えないで！　思い出さないで‼」

「どうしろと言うんだ。君は案外わがままだな……」

そんなことを笑いながら言うものだから、ヴィクトーリアの感情は噴火するように爆発した。

「貴方に言われたくな――っ」

馬車の外にまで響いただろう大きな声だったが、途切れてしまったのはヴィクトーリアのせいではない。レオナルトがヴィクトーリアに摑まれた手を摑み返し、自分のほうへ引き寄せた瞬間、唇を塞いだからだ。

そして自分の膝の上に横抱きにのせ、唇を離しながら至近距離で笑う。

「――言っておくが、俺以外にわがままを言うなよ」

「………どうして膝にのせるの！」

「騎士の婚約者の席は、騎士の膝の上と決まっている」

そんなはずはない。絶対にない。そもそも婚約者なんて――

そう言いたかったが、言葉はもう一度レオナルトの唇の中に消えた。

「ん、ん、ん……っ！」

呼吸の暇さえ与えない激しいキスだった。

相手の肩を押し返しているのに、ヴィクトーリアの抵抗などものともせずに抱き寄せるレオナルトは自分が満足するまでキスを続けた。

思えばこれは、アイブリンガー家で過ごした夜以来、初めてのキスだった。

こんな……こんなに、苦しいものだった？

でも、苦しいのに——やめてほしくない、なんて——

ヴィクトーリアの思考は徐々にぼんやりとしてきて、レオナルトの手が外套の下に潜り込み、着すぎだと言った服の上から身体を弄り始めたことに気づくのが遅れた。

「んんっ」

びくり、と肩が震えた瞬間、がたん、と揺れて馬車が止まった。

「到着いたしました」

外の御者席から、半分以上呆れているのがわかるような声がかけられた。

そこで、どこで何をしていたかを思い出したヴィクトーリアは、真っ赤な顔でレオナルトの肩を押し返す。

今度はレオナルトはあっさり離れたものの、その唇が色づいていることに気づいたヴィクトーリアは、慌てて持っていた鞄《かばん》からハンカチを取り出し、ごしごしと拭った。

「もう……っもう！」

「悪いな」

自分が何に怒っているのか。ひとつひとつ数え上げたらきりがないほどいろんなことに怒りを感じているが、一番腹が立つのは、彼がヴィクトーリアの紅が移ったことを知りながら意地悪そうに笑っていることに対してだった。

その時、コココン、と素早いノックの音が響く。

「団長、開けますよ！」

掛けられた声とその気安さから、外にレオナルトの部下がいるのだと気づく。

さらに落ち着かない気持ちになるのは仕方のないことだ。レオナルトと一緒にいる以上、この先も顔を合わせるかもしれない相手に、何をしていたかを知られている恥ずかしさ。

飄々と、いつもの余裕の笑みを崩さないレオナルトに、ヴィクトーリアは心から、もう一度懇願した。

「――お願いだから、恥じらいを、拾って来て！」

初めて入る騎士団の営舎は、王城のような優雅な印象とは違い、質実剛健という言葉が似合う無骨なもので、ヴィクトーリアは珍しくてついきょろきょろとしてしまったが、会場に近づくにつれて集まった人の多さに目を瞠った。

誰かの連れだったり、なんらかの集まりであったり、家族連れであったりするが、聞いていた通り、そのほとんどが女性だった。

「離れるなよ、プリンセス」

人ごみを歩くことに慣れているのか、まったく迷いのないレオナルトにエスコートされて少し安心するが、その言葉には眉根を寄せないではいられない。

「――あの、さすがにここでその呼び方は……」

王城のすぐ側なのだ。どこかで王族に近しい者が聞いていないとも限らない。

王女を騙《かた》る不届き者、と処罰されてもおかしくないほどの不敬なことなのだ。

心配するヴィクトーリアとは対照的に、レオナルトは何も悪いことなどしていない、といった平然とした顔で言った。

「君は俺のプリンセスだ。他にどう呼べと？　最愛の君だとかこの世に舞い降りた俺の天使だとか呼んでほしいのか？」

「………………そのままでいいから、声を小さくして」

いったいどこでそんな表現を覚えてきたのか。実際に使ったことがあるのか。複雑な感情が心にざわめいたが、さすがにそんな恥ずかしい呼び方をされたいとは思わない。

渋々だが妥協するしかない、という了承の返事だった。

それなのにレオナルトは満足そうに頷くものだから、ヴィクトーリアはまた腹が立ってくるのだ。

こんな人なのに！

こんな嫌なやつと！

私はどうして一緒にいるの!?

とはいえ、レオナルトは出会った時からこうなのだから、流されている自分が一番どうかしているのだと、ふと冷静になった。

そこで、これまでレオナルトにばかり意識をやっていたため、周囲からの視線を気にしていなかったことに気づく。ちらちらとこちらを確かめるような視線が痛い。あからさまに睨みつける女性までいる。

当然だ。誰より目立つ男の隣にいるのが、悪い噂の絶えない、男性を駄目にする妖婦と評判のヴィクトーリアなのだから。

でも、どうしてかしら——なんとも思わない。

好意的でない視線を向けられても、逃げたいだとか、隠れようだとか、遠慮してレオナルトから身を引こうという気持ちにはならなかった。

それは、ヴィクトーリアの腰に回されたレオナルトの腕の力のせいかもしれないが、ヴィクトーリアが離れようと思っていないのも事実だった。

「——なんだ？」

観覧席の、人の目がなるべく気にならないような最奥の席に座らせてくれたレオナルトを、知らずずっと見つめていたヴィクトーリアは、つい口からぽろりと言葉が零れた。

「——貴方って、騎士の格好をすると、どんなふうなのかしら」

言ってから、これでは騎士の姿が見たいと言っているようなものではないか、とさっと顔が赤くなる。

「や、いいぇ、あの、なんでもな——」

「見たいのか？」

「そ、そうじゃないけど！」

そうじゃないかもしれない。

正直には言いづらいが、見られるのなら興味があるのは確かだ。

「礼服は特別な時にしか着ないが、隊服なら辺境に来れば毎日見られるぞ」

「——」

それは、誘っているの？

ヴィクトーリアが目を瞬かせると、レオナルトは何も言わず、見つめ返した。

いつもの余裕のある笑みを含んだものではなく、どこか真剣な目に、ヴィクトーリアは胸の高鳴りを止められなかった。

答えを——待っているの？　言わなければならないの？　今？　ここで？

私は、何を言えばいいの——？

動揺が治まらず、時間が止まったかのように思えたその時、大きな笛の音が響き、驚いてそちらへ視線を向けた。

演武が始まったのだ。

広い訓練場にいる大勢の騎士たちが、一糸乱れぬ動きをしているのは非常に壮観だった。

これに惚れないなんて無理かも、とヴィクトーリアでさえ思ったほどだ。

演武が始まると、レオナルトは彼らが何をしているのかを説明してくれた。

その説明はとても丁寧で、細かい動きなどは判別できないほど遠いのに、彼のおかげで何をしているのかよくわかった。

「貴方もやったことがあるの？」

「当然だ。儀礼は一通り習うし、演武の形合わせもできなければ騎士になれない」

形合わせとは、剣を持って打ち合うことで、決まった形があるらしい。それは徐々に速度を速めていき、最後には素人には何をしているのかわからなくなるが、すごいことだけはわかるという演武のひとつだ。

そんな剣技や、見ている者を魅了するような演武もできる人たち……

騎士って本当に――何者？

ここにいる大勢の騎士たちも、レオナルトのように強引で傲慢で、常識が普通とは違うのだろうか。そう考えるとヴィクトーリアは残念に思うのだった。

演武会は二時間ほど行われたが、まったく飽きることがなく、あっという間に時が流れていた。もっと見たいと思ったほどだ。

しかし、メインは演武会ではなく、この後の夜会のほうなのだろう。

誰もが早く屋敷に戻り、準備に時間をかけて挑みたい大切なパーティなのだ。

後ろのほうに座っていたヴィクトーリアたちは、出口へ向かう人の流れが落ち着いてから馬車に向かうことにしたが、約半数が会場から出たあたりで、レオナルトが動いた。

「――少し、離れる。ここを動かないで待っていろ」

命令口調でいつになく真剣な顔をしているから、大事な用があるのかもしれない。

ちらりと見た視線の先には、騎士団がいた。

辺境騎士団の団長でもあるレオナルトだ。ただの観客として来ていただけではないのかもしれないと、大人しく頷いた。

「わかった、ここで待ってるわ」

「いい子だ。後でご褒美をやらないとな」

「――そんなものいいから！　さっさと行って！」

にやりと笑った瞬間にはいつものレオナルトに戻っていて、ヴィクトーリアも頬を染めながら言い返す。

もう、あんなことを言わなければ、もっと――

そう思いかけて、あんなことを言わないレオナルトはレオナルトではないかもしれないと思い直す。

そんなふうに思うほど、自分は、彼の傲慢で自信過剰な性格を認めて受け入れているのだろうかと落ち込んでいると、周囲からまた視線を集めているのに気づいた。

彼女らの視線の反対にはまだ騎士団の面々がいる。確かにヴィクトーリアは注目されやすい人間だが、レオナルトが去った今はわざわざこちらを見る必要などないはずだった。

「………？」

首を傾げながら、ヴィクトーリアも彼女たちに倣い、振り返ってみる。

そして驚愕に目を見開いた。

誰もいないと思っていたヴィクトーリアのすぐ後ろに、人が立っていたからだ。騎士の隊服を着ているから得体の知れない人ではない。けれどそれよりも驚いたのはその顔だ。

灰青色の髪に、深い青い双眸《そうぼう》。

精悍な顔立ちは整いすぎていて、誰だと訊かなくてもヴィクトーリアにもわかった。

「貴方が……グレイル・アイブリンガー？」

そこに立っていたのは、アイブリンガー家の中で唯一まだ会っていなかった、三男のグレイルだった。これだけ似ている兄弟なら三人並ぶと本当に壮観――というより面白いだろうと思ってしまう。

確かヴィクトーリアより年下のはずだが、すでに体格はレオナルトとそれほど変わらず、ストイックな紺色の隊服が恐ろしく似合っている。

もしかして、昔のレオナルトもこんな感じだったのだろうか。これは女性たちが初恋を引きずっても仕方のないことかもしれないと納得してしまうくらいの格好良さがあった。

しかしレオナルトと違い、目の前の彼は、表情が硬い――というか、無い。そして微動だにしない。ヴィクトーリアの問いかけにようやくちらりと視線を動かし、小さく頷くだけだった。

そこからまた、沈黙が流れる。ヴィクトーリアとしては、何故彼がここにいるのかわからず、無言で立たれると少し怖い。

「何を……しているの？」

これには、はっきりと答えがあった。

「レオの代わりに立っている」

「……えっ？」

ヴィクトーリアは一瞬遅れて彼の言葉の意味を理解し、頬を染めた。

「そんなこと、いつ頼まれたの？」

「貴女の護衛が、僕の当面の仕事だ」

「――はい？」

「貴女に傷がひとつでも付こうものなら、レオに殺される」

「――はい!?」

ヴィクトーリアはグレイルの発言の意味が理解できなくなった。

しかし、他の女性たちがヴィクトーリアを見ていた理由はわかった。レオナルトがいなくなったと思えば、グレイルが側にいるのだから、注目するなと言うほうが難しいだろう。

そうしている間に、レオナルトが戻って来た。

「待たせたな」

「いえ、ううん、あの――」

レオナルトがごく自然にヴィクトーリアの腰を抱き寄せた。そして少し指を動かすと、
グレイルはすっと離れていった。

もしかして、今のは何かの合図!?

それだけでわかり合えるのは、兄弟だからか騎士だからか――

もうどちらでも驚かないだろう。彼らの突飛さに大分慣れてしまった自分に呆れながら
も、気持ちを立て直し促されるまま馬車へと向かう。

その途中、ちらりと背後を振り返ると、グレイルはもうどこにもいなかった。

え、どこに!?

「どうした?」

「どうしたも何も――」

むしろどうして平然としているのだろうか。護衛と言っていた弟がいないのに。

心配になって訊き返した。

「あの、彼――グレイルは、どこへ？　というか、一緒にいてくれたのに、私お礼も言ってない――というか！　護衛って何!?」

ヴィクトーリアは今更になってグレイルの言葉を本当に理解し、驚いて思わず詰め寄ってしまった。

しかしレオナルトは平然としている。

「護衛は護衛だが？　あいつが何か君の気に障《さわ》ることでも？」

部下の失敗を不満に思う上司の顔だと判断したヴィクトーリアは、慌てて首を振る。

「違うわ、そんなこと――むしろ、気に障る以前の問題で、私、さっきまで、まったく、気づかなかったんだけど」

もしかしなくても、レオナルトが手配してくれていたのだろうか。

そして、知らず守ってくれていたのだろうか。

そう思うと、知らなかったことを申し訳なく思ったのだが、レオナルトは何故かきょとんとした顔になっていた。

「護衛だぞ？　対象者に見つかっては意味がないだろう」

「――え？」

それはどういう意味――？

ヴィクトーリアはもう一度混乱の渦に落とされた。

護衛って、護衛対象に見つかってはいけないの……？　それって普通？

自分はこの手のことに疎いのでわからないが、彼が言うのならそういうものなのかもしれない。そんなことをぐるぐると考えていると、乗っていた馬車はいつの間にか屋敷に到着していた。

自分の部屋に戻り、少し冷静になったところで、やっぱりおかしいと気づく。

「――それって本当に護衛なの!?　私見張られてるだけじゃない!?」

しかしすでに、レオナルトも着替えのために自分の屋敷に戻っていたので、使用人たちだけがヴィクトーリアの叫びを聞いて首を傾げるだけだった。


釈然としないものを抱えたままだったが、一度浴室で埃を落とし、新しいドレスに着替えると心が浮き立った。

首から肩口までは広く開いたデザインで、久しぶりに着る華やかなドレスに緊張もしたが、光を受けてキラキラと反射する翡翠色は気分が高揚するし、スカート部分に入った切り込みから覗くレース地が動くたびに揺れるのにも満足する。

髪も綺麗にまとめられ、母の形見である耳飾りはヴィクトーリアの瞳と同じ色でお気に入りだ。

ドレスを着てこんなにも心が躍るのは、いったいどのくらいぶりだろうか――もしかしたら、これほどまでの高揚は初めてかもしれない。ヴィクトーリアは出かけるために外套を纏い、わくわくしている心を必死に抑えながらレオナルトを待った。

彼はこのドレスを見て、どんなふうに思うだろう――驚いてくれるだろうか。

だがそこで、反対に驚かされるようになるとは思ってもいなかった。

すでに外は夕闇が迫り、屋敷の玄関口には煌々と明かりが灯されていて、迎えの馬車から降りたレオナルトのこともよく見えた。

「——待たせたな」

見えすぎた。

馬車から降りたレオナルトは、演武会での出で立ちとは変わっていた。さすがの彼も、王城のパーティでは着替えは必要だったのだろう。しかし——どうして騎士団の隊服に着替える必要があったのか。

礼装でなく、騎士たちが普段着ている制服だ。ヴィクトーリアはこの時初めて、騎士らしいレオナルトを見た。

唖然とし、だらしなく口が開いたまま固まっても仕方なかった。

「どうした？」

「ど——」

そんなこと、こっちが聞きたいわ！

心の中では叫ぶほどの余裕が戻り、頭を抱えたい気持ちをため息で逃がしながら訊いた。

「どうして隊服なの!?　もしかして、騎士の格好をしなければ、パーティに行けないの？」

それならそう言っておいてほしかった。

少なくとも、心構えはできたはずだ。

「いいや。そんな決まりはない。だが、君がさっき言っただろう」

「え？」

「隊服を着た俺が見たいと」

「――――」

言った。

言ったけれども、それですぐに着てくるなど誰が予想できたのか。

この格好が自分のためだと知り、ヴィクトーリアの心はじわじわと嬉しさで埋まっていく。しかし気恥ずかしさが先立ち、とてもではないが直視できない。

か、か……格好良いというか、似合いすぎているというか、怖いくらいだわ！

同じ顔でグレイルが隊服を着ているのを見た時も驚いたが、それ以上の衝撃があった。

ほとんど同じ顔だけど――

決定的な違いを、ヴィクトーリアはもう知っていた。

無表情でどこか無機質な印象のグレイルに対し、レオナルトはいつも余裕の笑みを浮かべ、感情が豊かだ。しかし、同じように無表情になっても、見分けがついてしまう自信があった。

そんな自信を持ってもどうしようもないが、ヴィクトーリアはもうレオナルトに気持ちが向いていることを無視するのが難しくなっていた。

馬車に乗り込んだ途端、レオナルトはまた自分の膝の上にヴィクトーリアをのせようと

するが、

「だめ！　ドレスに皺がつくから！　座るのだって慎重にしているのに！」

全力で拒否すると、レオナルトは珍しく従った。

「――へぇ、どんなドレスだ？」

「それは――」

ヴィクトーリアは外套の下のドレスを思い浮かべ、楽しみで新調してしまった自分を思い出し、恥ずかしさでつい顔を背けた。

「……後の、お楽しみ、よ！」

「それはそれは……期待しておこう」

もうすでにどんなドレスかわかっているのでは、と思うようなレオナルトの余裕の笑みに、ヴィクトーリアは赤く染まった頬をどうにか隠そうと、必死で横を向いているしかなかった。

王城に着くと、またたくさんの馬車が正門の前に並んでいた。

ヴィクトーリアたちも順番を待って降り、それから、久しぶりに王城を見上げて驚いた。

ここに来るのは初めてではない。

王族主催の夜会には何度か出席したことがあるし、兄のエトヴィンの仕事場は王城内だから、何度か用事を言いつけられて来たこともあった。

だから見慣れていないというわけではない。

しかし、今日の王城は、外観からしてすべてが輝いて見えた。門に面した窓という窓にはすべて明かりが灯され、警備のために配された騎士団の者たちが手持ちのランプを持って立っている。その明かりは王城を飾り立てているようだった。

「——なんだか」

「どうした？」

すごく綺麗、と言いかけて、自分を見つめるレオナルトを見る。

その顔を見て、何故今日は特別に王城が綺麗に見えるのか、その理由に気づいた気がする。

ひとりではないからだ。

これまでも誰かと一緒に来たことはあるが、彼らはレオナルトではなかった。

この人が、一緒だから——

怖くはない。

誰に見られていても、怯えることもない。

女性に疎まれるように睨みつけられても、不安を感じない。

そんなことを考える暇がないほど、感情を掻き乱されているからだ。

レオナルトに——

ヴィクトーリアは頬が熱くなり、それを隠すように俯いた。

「なんだ？」

「……なんでもないの。王城が明るいな、と思っただけ」

「……へぇ？」

誤魔化したものの、彼が誤魔化されてくれたとは思えなかった。それでも、顔が赤いのは明かりのせいにしておきたかった。

パーティ会場に着くと、すでに人で溢れていた。そして途中から気づいたが、騎士たちは全員礼装だった。真っ白い隊服に、青地に星が輝くような模様のマントを羽織った彼らは、間違いなく女性たちの目を引いている。

その中で、ただひとり紺色の隊服を身に着けているレオナルト。視線を集めるなと言うほうが無理な話だった。

この人……どうしてひとりだけ隊服を着ているの？

これでは逆に目立ってしまうではないか。ヴィクトーリアのために着てきたと言ったが、女性たちの熱い視線を集めているのを見ると面白くない。

礼装だったなら、他の騎士に紛れてしまえたかもしれないのに、と考えながらも、そんなことにはならないだろうと自分の中で否定する。

レオナルトという男は、騎士の中にいても埋もれはしないのだ。

――考えてもきりがないけど。

ヴィクトーリアは、とうとう諦観の境地に至った。

それからヴィクトーリアは、クロークルームに寄り、外套を脱いだ。

室内はすでに暖かく、ドレス一枚でも充分だったから、特に何も思わずするりと脱いだが、ふと視線を感じて振り返る。

レオナルトがヴィクトーリアを、瞬きもせずに見つめていた。

その目は真剣そのもので、心の中まで見透かすような眼光の鋭さがあった。

「な――何？」

このドレスは、一目で気に入ったものだが、こんなにも見られていると、どこかおかしいのかと不安になってくる。

「――王城に部屋は取れるんだったか……」

ぽつりと呟いた声は、確かにヴィクトーリアに届いた。

その言葉の意味を察知し、顔が熱くなる。

「取れない！　取れないわ！　絶対に、取れない！」

たとえ取れたとしても絶対に行くものか、と決意するが、レオナルトの勢いに呑まれてしまえばどうなるかわからないと不安にもなる。

心の中であたふたしていると、レオナルトは大人しく腕を差し出してきた。少しだけ残念に感じながらもほっとして、そこに手をかける。

その時、感嘆している、とわかる声が届いた。

「――美しいな」

「――」

本当は、その言葉を待っていたのかもしれない。

ヴィクトーリアは恥ずかしくも嬉しくて、耳まで赤くなっていた。

レオナルトを満足させることができたのなら、この新しいドレスも成功だったのだろう。

「――ありがとう。マリタ村の職人たちの、傑作なの」

作ってくれた職人たちに感謝しつつレオナルトを見上げると、その視線が自分の顔ではなく、その少し下――肌の上、正確には開いた胸元の間に向けられているのに気づき、目元を染めて睨む。

ついでにさりげなくそこを手で隠す。

「――はしたないわよ」

「仕方ない。見てもいい時には存分に見ないと損をすると教えられたからな」

いったい誰に教わったのか。

ヴィクトーリアはレオナルトの周囲にいる人を思い浮かべたけれど、誰であっても残念な気持ちしか抱けなくなりそうで、それを訊くことはできなかった。

「――マリタ村というと、北東にある村だな？　先日災害にあった」

「そうよ――だけど、よく知っているわね……」

「騎士だからな」

「――――」

なんでいつもその言葉で片付けられるんだろう。

レオナルトはウェイターが配っているグラスを取り、ヴィクトーリアにも渡した。

そのうちに、時間になったのか、会場の前方、一段高い場所に作られた壇の上に幾人かの騎士たちが並び、その中央でフェアウエール王国の王子が挨拶を始める。

「――皆、本日の演武、誠に見事であった。貴公らが常に粉骨砕身して我が国に尽くしているのはここにいる誰もが知っていよう。貴公らのおかげで、我らは安心して暮らせるのだ。今宵、せめてこの時間だけは、貴公らの心に安らぎを与えよう。心ゆくまで楽しむと良い。フェアウエール王国の繁栄と騎士団の栄光に――乾杯」

掲げられたグラスに合わせて、全員が「乾杯」と声を上げた。

その後、ヴィクトーリアも皆と同じようにシャンパンの入ったグラスに口を付ける。

あまり辛くなくて、飲みやすい。そう思ったところで、隣からそのグラスを奪われた。

「何――？」

見上げた時にはもう、奪ったグラスの中身をレオナルトが飲み干していた。

「な、なんで飲むの？」

「こんなところで酔っ払われては困る」

「よ、酔わないわ、もう！」

「酔った君は恐ろしいほど色香を放つからな――普段以上に」

そう言って剣呑な目を向けてくる彼の気配は、身に覚えのあるものだった。

一晩中苛められた、あの夜のことを思い出して、ヴィクトーリアは顔を青くする。

今は彼を刺激するのは危険だと判断して、逆らわないことにした。

「……外套を羽織っていようかしら」

「隠してももう記憶したから意味はないな」

確かに、今更だ。ヴィクトーリアはなるようにしかならないだろうと諦めのため息を吐き、気持ちを切り替える。そしてあることに気づいた。

「……誰も、踊らないのかしら」

会場の隅で、ちゃんと楽団員たちが心地よい音楽を奏でているのだ。

乾杯も終わったことだし、最初のダンスが始まってもおかしくはない。最初のダンスを王子が踊り、皆も続くのが普通の夜会だった。しかし、今日は違うようだ。

「今日は踊る前の狩りが目的だからな」

レオナルトに言われて、仲良くダンスをする会ではないと教えられる。

狩り、という言葉は良くないが、参加している騎士たちは本気で結婚相手を探している者が多いらしい。そのため、本気の相手を見つけるまで踊らないそうだ。

そう――これは、パーティという名の、お見合いなのだ。

騎士とそれに憧れる令嬢たちとの。

だから騎士たちも自分たちだけで固まらないし、誰かを紹介されるのを待っているのだ。

そしておそらく、レオナルトが誰かを紹介されることはない。

他の夜会では、ヴィクトーリアを連れていても女性から声をかけられることもあったが、今日はそれがない。ヴィクトーリアがいるからだ。
この夜会で同伴者がいるということは、その女性が婚約者だという意味を持つのだと
ヴィクトーリアはようやく理解した。
つまり、この会場にいる全員に、レオナルトとヴィクトーリアが付き合っていることを
知らしめているのだ。
そんなこと、もっと早くに教えてほしかった——
きっとジジは知っていたに違いない。
最低限しか社交界に顔を出していないヴィクトーリアよりもずっと事情通なのだから。
とはいえ、知っていたところで今の状態が変わるわけではない。当然のように今レオナ
ルトは隣にいるけれど、それは奇跡に近いことなのだと、ヴィクトーリアは改めて思った。
自然と、自分からレオナルトの腕をきゅっと握る。
「……プリンセス？」
「……そう呼ぶならもっと声を落として」
目元が染まったままでは、あまり抗議の意味はなかったが、動揺する気持ちを抑えるた
めにどうにかそれだけを口にする。
すると、隣り合っていたレオナルトがヴィクトーリアの腕を引き、自分と向かい合わせ
にさせる。まるで踊っているような体勢にも見えるが、腰を引いて抱き寄せる腕はそれが
目的ではないと伝えている。

「ど、どうしたの？」

「そのままくっついていてくれ」

「どうして？」

何か理由があっての行動なのか、と首を傾げたが、レオナルトは真剣に言った。

「この隊服は勃ったものを押さえるようには作られていないんだ」

「————！」

息を呑んだ瞬間、胸元から顔まで一気に赤くなる。

「ど、どうしてそうなるの⁉」

精一杯声を落としながら叫んだ。

本当なら、目の前の広い胸板を叩いて詰ってやりたいくらいだ。

だというのに、レオナルトは平然と言ってのける。

「俺の身体は君を可愛いと思ったら勃つようにできているようだ」

「そんな機能取ってしまって！」

赤い顔をどうにか隠したくて、思わず彼の胸に顔を埋めてしまいそうになったが、すんでのところでここがどこかを思い出す。これ以上密着すればどんな目を向けられることか。

すでに、ふたりでぴたりとくっついているヴィクトーリアたちはひどく目立っているのだが、彼女はそれには気づいていない。

「——そんな顔をされると、この場で奪いたくなるな」

「やめて！　そんなことされたら死んじゃう！」

「俺の下で死ぬか？　――上でもいいが」

恥ずかしいことを平気で口にするレオナルトには慣れたものの、その言葉を受け取って狼狽えないでいられるほど羞恥心をなくしてはいなかった。

この場で口を塞いでしまえばいっそすっきりするのでは、とまで考えてしまう。

その瞬間、救いの声が届いた。

「――レオ、それ以上おいたをするなら、首に縄を付けて連れて行くわよ」

振り向くと、アイブリンガー卿とその妻ハナがそこにいた。

ハナに冷たい目線を向けられると、レオナルトはそれまでの密着が嘘のように離れる。

レオナルトの身体もいつの間にか正常に戻っていた。

「女性に恥をかかせてはいけません。ヴィクトーリア、今日のドレス、とても似合っているわ」

子供に言い聞かせるように言ってから、ハナはヴィクトーリアに微笑みかけてくれる。

「あ、ありがとうございます」

そう言うハナのドレスも、落ち着いた雰囲気の彼女を引き立てる、素晴らしい仕立てだった。アイブリンガー卿はずっと苦笑していた。退役しているから騎士の礼服ではなく貴族としての正装だったが、まだ若々しく、ハナとお似合いのふたりだった。

しばらくお互いを褒め合い、たわいない話をした後、彼らは離れていった。

それを笑顔で見送り、面白くなさそうに鼻を鳴らすレオナルトを見上げる。

「貴方、ハナ様——お母様には、弱いのね？」

「母上の言うことを無視すると、父上が恐ろしいからな」

ヴィクトーリアは、にこやかに笑うアイブリンガー卿を脳裏に浮かべ、彼とレオナルトの言葉が繋がらず首を傾げた。

その時、ふと何かに気づいたレオナルトが首を回した。

「どうしたの？」

「悪い、少しここで待っていろ」

「え……っ」

また？

演武会の時と同じ状況で少し驚いたが、レオナルトは急いでいるのか、ヴィクトーリアの返事を待たずにすたすたと去って行った。

「……なんなの？」

ぽつんとひとり残され、呆然とその後ろ姿を見送る。その背中はすぐに人の波に消えてしまった。

ひとりになると、周囲の声がよく聞こえるようになる。壁に近いところへ避難しようと思ったが、ここで待っていろ、と言われたので躊躇った。

頭の中では、勝手にどこかへ行った人の勝手な言葉なんて、従う必要はない、とは思うものの、足は動かない。

どうしよう、と迷っていると、小さな声すら耳が拾ってしまうようになる。

『……本当に、どうやったのかしら、彼女』

『……次々に男を手玉にとって、不幸にして』

『あんなはしたないドレスを好むくらいですもの、きっと男がいないとだめな人なのよ』

『――ああ、早く彼を不幸から救ってあげたいわ！』

『あんな人より、私のほうがずっと幸せにできるのに！』

久しぶりに聞いた、直接的な中傷の言葉だった。

ヴィクトーリアがそんな人ではないと知っている人はいる。しかし、悪い噂を信じる人も少なからずいるのだ。

ヴィクトーリアはその声を確かに聞き、狼狽えた。これまでなら、無視すればいいいと思っていたことだった。知らない相手に何を言われようとも、関係ないからだ。それに、ヴィクトーリアを利用していた元婚約者たちに気を遣う必要もなかった。

でもレオナルトは違う。

ヴィクトーリアといることで、不幸になると思われるのだ。

自分のせいではないとヴィクトーリアは知っているが、噂をする人は事実などどうでもいいのだろう。

でも、もし、ヴィクトーリアと一緒にいることで、レオナルトが不幸になるのなら――

ヴィクトーリアは躊躇うことなく、ひとりに戻るだろう。

これまでのように引き籠もるはずだ。

おそらく、人生の最後まで屋敷に閉じ籠もって暮らすことになるだろう、と確信した。

そこに帰結していることに改めて驚く。

私……そんなにも？

レオナルトに心を奪われているのだろうか。

その時、女性たちの囁き声がぷつりと途切れる。

どうしたんだろう？　と、きょろきょろとあたりを見回すと、すぐ後ろにグレイルが立っていた。礼装姿で。

「……ど、どうしたの？」

「レオの代わりだ」

数時間前と同じように言った声は愛想ひとつない、ぶっきらぼうなものだった。

しかし、レオナルトと同じ色の双眸は、まっすぐにヴィクトーリアを見て、気持ちを探ろうとしているのを理解してしまった。

グレイルは、レオナルトとは違う。しかし、家族を思う気持ちは確かにあって、レオナルトのために、ヴィクトーリアのことを心配してくれている。気遣っているのだ。

そんなふうに思ってくれる人がいると思うと、沈みかけたヴィクトーリアの心が浮上した。にこりと笑い、心配は要らないと暗に伝える。

「ところで、どうして礼装なの？　貴方も誰かお相手を探しているの？」

グレイルはまだ学院を卒業したばかりのはずだが、そんなにも早く相手を探しているのだろうか。けれど、返って来た答えは予想外のものだった。

「今日は、騎士は皆、礼装だ。この格好が一番目立たないだろう？」

「――――え？」

何を言っているの、この子は。

ヴィクトーリアは一瞬、冗談を言っているのかと思ったが、そうではなさそうだ。

しかし、真面目に言っているのであれば、この先のグレイルが本当に心配だ。

アイブリンガー家の兄弟が、他の騎士たちと同じ格好をしたからといって埋もれるはずがない。

ヴィクトーリアはグレイルに、世間の目を教えるべきかどうか、考えてしまった。

でも、すでにこれが騎士の常識だと理解していたらどうしよう……

グレイルの顔を見つめながら眉根を寄せて考え込んでいると、背後から聞き覚えのある声に呼ばれて振り返った。

「――トーリア」

そこにいたのは、真剣な顔をした元婚約者だった。

＊

自分の部下を会場で見つけ、レオナルトは思わず近づいた。

「団長、どうしたんです？」

騎士の礼装ではなく、貴族の正装姿で、こっそりと食事をしに来ていたらしい彼らだが、壁際のテーブルに並べられたオードブルに群がっている様子からは、逆に目立とうとしているとしか思えない。

「――この前の調査で、プリンセスの噂が広まっている村があると言ったな？」

「ああ――北東の村ですね」

「マリタ村だな」

「そう、そのあたりです――他にもいくつかありますが」

「そことプリンセスを繋ぐものはなんだ？」

レオナルトは部下たちに問いかけながら、先に答えを導き出した。

「――シュペール卿の事業だ。そこの担当者を探れ」

「了解、団長」

任務の目的をすぐに理解し、動いてくれる部下たちは優秀だ。

おそらくすぐに、ヴィクトーリアの噂の出所を突き止めるだろう。

「しかし団長、目立ちますねぇ」

ついでのように出た軽口ににやりと笑った。

「今日のプリンセスを見れば誰だってああするだろう――」

独り占めしていたい。そしてそれを見せつけたい。

姿を確かめるように会場を見渡すと、ヴィクトーリアがいた。すぐ傍にグレイルが立っている。

護衛は姿を見せる必要はないのだが、何も考えていないような無表情の三男は、あれでいて家族想いでもある。

レオナルトの選んだ相手が、寂しい思いをしないようにと姿を見せているのだろう。

なかなかに可愛い弟だ、と思っていると、他の男がヴィクトーリアに近づいてくる。

「――あれは」

それを、グレイルは止めない。

前言撤回《ぜんげんてっかい》だ。可愛くもクソもない。

仕事をしないなら潰すぞ、と弟を睨みつけていると、レオナルトの視線に気づいた部下たちが声を上げた。

「あー……あの男はアンディ・エルトンですねぇ。ヴィクトーリアの元婚約者の」

そんなことは言われなくても知っている、と半眼で睨んだが、部下は黙らなかった。

「団長のお知り合いじゃないんで？　団長もあの男の結婚式に呼ばれたんでしたよね」

「知り合いの知り合い――ただの他人だ」

斬って捨てても何も思わないくらいの、他人だ。

そのアンディに促され、ヴィクトーリアが移動を始めた。

「あー……」

部下の嘆きの声のようなものが聞こえた気がしたが、レオナルトは無言で後を追った。

——ついでにグレイルには拳骨《げんこつ》をお見舞いしておこう。

そう心に決めながら。

6章

アンディに誘われて行き着いたのはパーティ会場の外、廊下を少し進んだ先にある小部屋だった。休憩室としてこんな部屋がいくつも用意されているらしい。

「話って何？」

「ちょっとね」

ヴィクトーリアが訊いても、アンディはそうとしか答えない。

彼は先ほど「大切な話があるから」と突然話しかけてきた。

人を待っているからと言っても「すぐに済むから」と引く様子のないアンディに、ヴィクトーリアは渋々諦めたのだった。

側にいたグレイルが堪りかねたように口を開きかけたが、「護衛をしていてもらえる？」と頼むと、少し考えた後で頷いてくれた。

レオナルトやグレイルの「護衛」とは、対象者から見えないところで守ることだと言っていた。それなら、アンディに悟られず見ていてくれるはずだ。ヴィクトーリアも馬鹿ではない。こんな状況で元婚約者に素直にひとりで付いて行くはずがなかった。

小部屋に入ると、もうひとり正装姿の男が待っていた。

男がふたりにヴィクトーリアがひとりという状況に少し狼狽える。

「アンディ？」

「警戒しないでほしい。僕が君を傷つけるはずがないだろう？　僕の恩人なのに」

「でも……」

隣にいる彼は誰だろう、と視線で問うと、大人しそうな青年が頭を下げた。

「彼はベルント・フローン。平民なんだが、僕の友人だ」

「初めまして、ベルント・フローンです。貴女のことはアンディからよく聞いていました……アンディとエリカのために手を貸してくれた、と」

「……それで？」

前置きはいいから早く本題に入ってほしかった。

いくら知っている相手がいるとはいえ、他の男性と一緒にいるのをレオナルトが見ると、どう思うか。

ヴィクトーリアは彼らのことよりもそれが気になって仕方がなかった。

怒るかしら……ううん、それとも、笑って——

「君に彼を助けてほしいんだよ、トーリア」

「――え？」

レオナルトのことを考えていて、アンディの声を聞き逃すところだった。

目を瞬かせていると、彼らが説明し始める。

「ベルントは、僕とは逆で、ある貴族の女性と恋に落ちてね――結婚したいと思っているんだ。もちろん、ベルントにはそこらの貴族にも負けないほどの資産がある。こう見えて彼は優秀でね、僕の仕事とも繋がりがあるんだ。だから金銭面での心配はないんだが、彼の好きな女性は、平民との結婚を許さない家の長女なんだ」

どこかで聞いた話だわ、とヴィクトーリアが黙って聞いていると、ベルントも勢い付いたようだ。

「カンナは素晴らしい女性なんです。僕にはもったいないくらい……でも、彼女も僕を好きだと言ってくれているし、彼女が願うなら僕はどんなことでもするつもりです」

「――そうですか」

「難しいことに、彼女の家は、彼女の他には妹しかいない。彼女は跡取りだからなおさらだめだ、と言われているんだ。そこで、君の手を借りたいんだが――彼と婚約してくれないか？」

「――は？」

やっぱりどこかで聞いた話だ、と思っていたが、まさか本当にそこまで言われるとは。

ヴィクトーリアは耳を疑った。正気だろうか、とふたりを見る。

彼らは少々意気込みすぎて興奮しているように思えた。

「君は僕とエリカを助けてくれた。幸せにしてくれたんだ。みんなが噂しているような女性ではないと僕らはちゃんと知っているよ。だからこそ、ベルントを紹介するんだから」

「貴女が助けてくれると――アンディが教えてくれて。本当に困っているんです、僕ら」

ちょっと待って、とヴィクトーリアは手を上げて彼らの言葉を止めた。

「――あの、どういうことなの？　どうして私が彼、と？　私が今日、誰といるか知らないの？」

そもそも、ヴィクトーリアはもう以前のように決まった相手がいないわけではない。

このパーティに、男女が一緒に出席するということがどういうことか、社交界の事情に疎いヴィクトーリアではあるまいし、彼らが知らないはずがないだろう。

しかしアンディは顔を顰めた。

「レオナルト・アイブリンガーだろう？　知っているさ。君こそわかっているのかい？」

何を？

首を傾げたヴィクトーリアに対し、アンディは熱弁を続けた。

「彼の女癖の悪さをだよ。彼はたくさんの女性に手を出しているが、真剣に付き合ったことはない。すべて遊びなんだ。このまま一緒にいると、君もレオナルトに遊ばれていずれ捨てられる可哀想な女性と言われるようになるんだぞ？」

「――え？」

そうなの？　と思ったのは、彼が女たらしだということは知っていたが、女癖が悪いという噂があるのは初めて知ったからだ。

ヴィクトーリアと一緒にいるとレオナルトが不幸になる、と言われることは想定していたが、自分が彼に遊ばれて捨てられる、と言われても想像ができなかった。

もちろん、最初はそうしてほしいと願っていたが、それは彼を知らず、彼に気持ちを奪われる前の話だ。

彼が……私を捨てる？　遊びだと言うの？

確かに、レオナルトはヴィクトーリアをからかって遊んでいるようにも思える。

しかし、あの強い視線。

自分のすべてが呑み込まれてしまいそうな深く青い双眸。

あの目を思い出すと、アンディの言葉に違和感を覚えた。

「だから、君にベルントとの婚約を勧めているんだよ。他の男と婚約してしまえば、レオナルトも諦めるだろう？　ベルントたちのためにもなるし、君の将来のためにも、ベルントと婚約すべきだよ」

「……えっと、待って？」

私の頭がおかしいの？

ヴィクトーリアは眉根を寄せながら、元婚約者の提案を必死に考えてみたものの、やっぱり意味がわからないままだった。

「……どうして私と婚約すると、彼のためになるの？」

好きな女性はどうしたの、と困惑したが、指摘されたベルントは恥ずかしそうにアンディを見て、アンディが苦笑しながら肩を竦めた。

「君の噂のおかげだよ」

「――え？」

「君の評判を知らない人は社交界ではほとんどいない――もちろん、ベルントの彼女もね。君がベルントと婚約することで、ベルントに災いがふりかかるのを恐れた彼女が、彼を守るために結婚する決意をするかも――いや、してくれるだろう。彼女の覚悟さえ決まれば、彼女の家だって最後には許してくれるかもしれないし」

いいことずくめで、幸せになれる。

アンディはそう言い切った。そしてベルントも、嬉しそうに頷いた。

彼らの前に、ヴィクトーリアは存在しているのだろうか？

彼らの言葉を要約すれば、ヴィクトーリアに当て馬になれ、ということだ。

ヴィクトーリアももう二十二歳。学院に通っていたとはいえ、一般的な貴族令嬢ならばそろそろ結婚に焦るような年齢だ。

これまで結婚に興味はなかったし、ずっとひとりでいるつもりだったから、アンディとの婚約も婚約破棄も受け入れたけれど、今は違う。

ヴィクトーリアにはレオナルトがいるのだ。

さらに言えば、アンディたちの言葉は善意を装っているが、悪意の塊でしかない。彼らがそれを理解しているとは思えなかった。

ヴィクトーリアの悪い噂を信じないと言いながら、その噂を利用する。

ヴィクトーリアをさらに悪者に仕立てようと計画しながら、自分たちが幸せだとヴィクトーリアも満足するものと思っている。

レオナルトを女癖が悪いと見下しながら、ヴィクトーリアを見下している彼らは何様だ。

「どうしようかトーリア。このままベルントと一緒に会場に戻るかい？　誠実な彼と一緒にいれば、正式な婚約者はベルントのほうだと思ってもらえると思うよ。君もレオナルトから離れられて安心だろう？」

「――馬鹿か？」

ばかなの？

そう口から出そうになった瞬間、部屋に低い声が響いた。

自分が言ったのかと思ったが、ヴィクトーリアの声はそこまで低くはない。

耳慣れた声に振り返ると、ドアに凭《もた》れるように腕を組んで立つレオナルトがいた。

「あ――」

いつからいたの、と目を瞠ったが、レオナルトの冷ややかな視線と笑みのない口元を見れば、ヴィクトーリアがここにいる事情をすでに理解していると思っていいだろう。

だからこその「馬鹿」という言葉なのだ。

「な、なんだ、突然！　断りもなく入ってきて――辺境騎士団は、近衛騎士団と違って礼儀を教えないのか？」

アンディは、自分たちの貶した相手が目の前にいることと、不穏な空気を背負っていることに焦りを感じている様子で、声を荒らげた。

「礼儀？　礼を尽くすべき相手は、自分で決める。相手を見定める目だって付いている。頭の中に花しか育てていないお前と違ってな」

「な――」

居丈高《いたけだか》という言葉が、レオナルト以上に似合う人間をヴィクトーリアは知らない。

アンディがいくら自分の威厳を保とうと頑張っても、すでに上から見下ろされている時点で負けているのだ。

「悪かった。馬鹿に馬鹿と言っても通じないよな。馬鹿だもんな。しかし馬鹿は馬鹿なりの世界で生きていくべきだろう。わざわざこちらの世界に来る必要はない。そこでいつまでも頭の中に花を咲かせていればいい」

レオナルトは三歩でヴィクトーリアの隣まで来た。

しかし彼女に触れることはなく、ヴィクトーリアの前にいたアンディに顔を寄せる。

余裕と皮肉を混ぜた笑みを浮かべて。

「それでも懲りずに踏み込んで来るというのなら容赦なく――潰すぞ？」

地を這うような、低い声だった。

「ひ……ひぃっ」

至近距離でそれをぶつけられたアンディは、椅子に座ったまま声も出ないほどに震え、上質な正装のズボンを濡らしていた。

顔が真っ青を通り越して白くなり、いっそ憐れに思える。

レオナルトが次に隣に視線を向けると、ベルントも息を呑み、もはや椅子に座っていられなくなったようで床に倒れ込んだ。それでもまだ、レオナルトから逃げようと無様にも後ろにずるずると下がっている。

レオナルトはそれを冷淡な目で見下ろしてからヴィクトーリアに振り向き、笑みの中にまだはっきりと怒りの色を滲ませながら腕を伸ばした。

「――きゃあ!?」

「じっとしていろ、プリンセス」

言われても、じっとしていられるはずがない。

ヴィクトーリアは一瞬で抱き上げられ、まるで荷物のようにレオナルトの肩に担がれたのだ。

「ちょ、ちょっと！　下ろして、放してー！」

「黙っていろ、目立つぞ」

「下ろしてくれれば目立たないわ！」

レオナルトは廊下をずんずんと歩いて行く。会場ではないにしろ人目がないわけではない。騎士が女性を担いで歩くなど、異様な光景でしかないだろう。

進行方向と逆向きになっているヴィクトーリアには、すれ違う人が驚き、足を止めて振り返っているのがよく見えてしまうのだ。

「自分で歩けるから！」

「もう着いた」

言われて下ろされた場所は、正門の前だった。

レオナルトが合図すると、すぐに馬車がやって来る。

どうしてこんなに早く準備できるのかはわからないが、理由を聞いても無駄だろう。

きっと、騎士だからなのだ。

有無を言わさず乗せられると、すぐに馬車は動き出した。

「外套が……！」

「後で届ける」

身ひとつで出てきてしまったと焦り、振り返るが、馬車が止まるはずもない。

「それで」

「きゃ……っ!?」

レオナルトは当然のように、ヴィクトーリアの脇の下に手を入れて子供のように持ち上げると、自分の膝の上に跨がらせて座らせた。

乱れたドレスから脚が覗き、慌てて裾を直す。

「ちょ、ちょっと、こんな格好しなくったって……！」

「それで君は、あの男の馬鹿な話を信じたのか？」

ばかな話？

ヴィクトーリアはレオナルトの顔を見返し、どの話のことだろうかと記憶を探る。

そう言えば、アンディはレオナルトを女癖が悪い男だと言っていた。そしてヴィクトーリアも、いずれ彼に捨てられると。

レオナルトに笑みはない。いつもの余裕がそこには見えなかった。

怒りではなく、ヴィクトーリアの心の内を計りかね、心配しているようだった。

心配――しているの？　私が、アンディを信じてしまうと？

そしてアンディの突拍子もない頼みを聞き入れて、彼の友人まで助けてあげるお人好しだと思われているのだろうか。

ついさっき、大の大人を失禁させるほど怯えさせたというのに、今目の前にいる男はヴィクトーリアに誤解されるのをひどく恐れているようで、とても同一人物には見えなかった。

思わず、ヴィクトーリアは目を細めた。

「私、そんなにばかな女に見える？」

「君はめちゃくちゃ美味そうに見える」

そんな答えを待っていたわけではないけれど――

ヴィクトーリアの声はレオナルトの唇に消えた。

「ん……ん、んぁ、ん」

強いキスではなかった。

美味そう、と言った通り、その味を確かめるように、レオナルトは口腔を舐め尽くしている。舌を搦めとり引き出しては、自分の歯で噛み付くことすらした。

「や、らぁ、ん」

「――甘いな……プリンセス、君は本当に、甘い」

甘党じゃないくせに。

ヴィクトーリアは困惑した。

思うままに味わいながら、そんなに美味しそうな声で甘いと言うくせに、甘いものが嫌いだなんておかしい。

「や、や、んっ」

レオナルトはヴィクトーリアの耳に鼻を寄せて匂いを嗅ぐと、舌を這わせてそこを舐めた。くすぐったくて首を竦めるけれど、レオナルトの膝の上では身じろぎする以上の抵抗は無理だった。

「……このドレスは、すごいな」

「あ、あっあんっ、やぁ……！」

鎖骨から下へと顔を移動させたレオナルトは、柔らかな生地の上から両手で胸を揉みしだく。強く揉まれすぎて、ドレスから零れてしまいそうだ。

その谷間に、レオナルトが顔を埋めた。

「――ああ、誘われる匂いだ」

「やぁ……ん！」

じゅう、と音を立てて胸の上を吸われる。

何をされたのか理解が追いつかず、不安になってレオナルトの背中に手を回す。そのせいでさらに自分のほうへ引き寄せてしまったけれど、意識してのことではなかった。

「ひぁ……っ」

レオナルトの手が、ドレスの裾を捲り上げて脚を辿り太ももを弄る。

「……プリンセス、あまり大きな声を出すと、御者に聞こえるぞ」

「――っ」

そう言いながら、レオナルトの指は素早く秘所へと辿り着いていた。

下着の上から指を這わせ、そのまま中に埋めようと強く刺激する。

快感と恥じらいが混ざり合い、咄嗟に唇を噛んだが、いつまでも我慢できるはずがない。

「ん、んん……っや、ぁ、ぁあっ、や……んっ！」

手を止めてくれないレオナルトから逃れようと、ヴィクトーリアは背中から手を離し、
自分の口を両手で覆った。

「ん、んん、んんぅんっ」

レオナルトの指は、的確にヴィクトーリアの花芽を探り当て、布越しだというのに、いや布越しだからか、これまでにない刺激を植えつけてくる。

ヴィクトーリアはレオナルトの上で腰を浮かせた。

そのまま倒れなかったのは、レオナルトの片手に背中を支えられているからだ。

そこは不安に思わなかったし、怖くもなかった。ただ、与えられる刺激からの快感と、外に気付かれてしまうという緊張感で身体が昂っていた。

「――手をどけろ、プリンセス」

「んんぁ……」

ヴィクトーリアの身体が浮き上がっているせいで、下から覗き込むようなレオナルトの強い視線にぶつかってしまう。震えながらも無視することができず、言われるままに手を口から離した。

その途端、また唇で塞がれた。

「ん――――っ」

ぐちゅり、と濡れたのは秘所なのか口なのかわからなかった。

「ン、ン、ン、ンッ」

秘所を激しく擦られ、唇を強く吸われて、ヴィクトーリアは我慢ができず、追い上げられるままに達する。

「ンンぅ……ッ」

びくん、と身体を大きく揺さぶる衝撃は一度では収まらず、何度もビクビクと下腹部を震えさせた。なのに、彼の長い指は達したばかりの秘唇をつう、となぞって、さらにヴィクトーリアを追い詰める。

それから彼はおもむろにドレスの裾から手を取り出した。そこが濡れているのを教えるように、長い指に付いたものをヴィクトーリアの目の前で舐める。

まるで甘い蜂蜜でも堪能しているように、舌を伸ばして味わっている。

「……っやだぁ」

レオナルトがうっすらと笑った。

どこか影のある、しかし恐ろしいほど綺麗な笑みだった。

「俺を怒らせた罰だ、プリンセス」

「お……怒る？」

ヴィクトーリアの視界はすでに滲んでいた。

目尻には、小さな黒子に留まるように涙が残っている。

ヴィクトーリアはレオナルトの言葉を頭の中で繰り返し、ゆっくりとものを考えられるようになったところで、拗ねたように睨みつけた。

「どうして、貴方が怒るの？」

「グレイを残して勝手に他の男に付いて行った」

「それは……でも、グレイルにはちゃんと、護衛していてって頼んでおいたわ」

ひとりで無防備になるほど馬鹿ではない。レオナルトが信頼しているグレイルが見てくれていると思ったから、アンディたちに付いて行ったのだ。

レオナルトはその返事に目を細めた。

「……なるほど、グレイを殴る必要はなくなったな」

「──殴ったの!?」

兄の相手まで心配してくれる、優しい子を。

驚くヴィクトーリアに、レオナルトはしれっと答えた。

「必要がなくなったと言ったんだ。まだ殴ってはいない」

「貴方がいない時、ちゃんと一緒にいてくれた優しい子よ。ひどいことしないで」

「──……」

レオナルトはヴィクトーリアの言葉に珍しく目を丸くして、それから笑った。

皮肉の籠もったものではなく、心から面白がって、楽しそうに笑ったのだ。

「それでも、俺以外の男と同じ部屋に入るとは何事だ」

「あ、あんっ」

レオナルトの手がヴィクトーリアの腰をしっかりと掴み、自身の硬く隆起したものを彼女の秘所に押し付けた。

その硬いものが何で、彼が何を求めているのか、ヴィクトーリアにはわかりすぎるほどわかっている。与えられる快楽さえ、もう身体に刻み込まれている。

「あ……」

ふるり、と身体を震わせたが、レオナルトはそれ以上は押し付けず、代わりにヴィクトーリアの乱れた髪を解いた。

「うなじを舐められるまとめ髪もいいが……この色香を他の男に見せる必要はないな。俺は下ろしたほうが好きだ」

「や……ん」

この乱れた髪では、ここで何をしていたのか、皆に知らしめているようなものだ。

彼はドレスの上から手を這わせることをやめず、剝き出しの肩口には何度も吸い付いた。

脚の間で主張している彼の欲望は、ヴィクトーリアの気持ちも昂らせている。

これ、どうするの――？

ここが馬車の中だとわかっていても、ヴィクトーリアはそんなことだけを考えていた。

がたん、と音を立てて馬車が止まる。ヴィクトーリアはようやく我に返り、ぼんやりとしていた視線をしっかりとレオナルトに向けた。そこには、笑った顔があった。

楽しそうに、嬉しそうに、そして残忍に、美しく笑う顔があった。

「罰だと言っただろう、プリンセス？」

「――」

その言葉で、これ以上のことはしないのだと思い知らされた。

それに落胆している自分が、恥ずかしい。

本当に恥ずかしくなるのは、今の自分の姿に気づいてからだろうとレオナルトが思っているなんて、ヴィクトーリアは知るはずもない。

「開けますよ」

御者の大きな声が聞こえて、一拍置いて扉が開く。

ヴィクトーリアはまだレオナルトの上に跨がったままだったが、彼はまったく気にすることなくそのまま抱きかかえて馬車を降りた。

到着したのは、シュペール家だ。

出迎えてくれた執事が驚いているのがわかったが、ヴィクトーリアには何も言えなかった。恥ずかしくて顔を見せられないと、レオナルトの肩口に顔も埋めた。

「彼女は疲れている。部屋に連れて行く」

「は――はい、こちらです」

「場所は知っている。案内は不要だ」

そう言うとレオナルトは、玄関扉を潜るなり使用人たちを置き去りにして、勝手知ったる我が家のようにズカズカとヴィクトーリアを抱き上げたまま歩いて行く。

し、知ってるって……知ってるって！

なんで彼がこの家の間取りを知っているのか。

本当にまっすぐヴィクトーリアの部屋に辿り着いたレオナルトは、またもや勝手に中に入り、ベッドの上にヴィクトーリアを下ろした。

下ろされたところで、腰から下にうまく力の入らないヴィクトーリアは動けなかったが。

その様子に満足したように、レオナルトが笑う。

「……どうして笑うの」

その笑みが憎たらしい、と子供のように睨みつけると、意地の悪い笑みを返された。

身体を曲げて顔を近づける体勢は、今日アンディを脅したものと同じだが、恐怖など感じない。彼は口端を上げながらも真剣な声で言った。

「今日、目を閉じる瞬間に、俺を思い出したら——君は俺のものだ」

「——ッ」

ヴィクトーリアに返す言葉はなかった。

呼吸すら止めて、固まってしまったからだ。

レオナルトは笑ったままそれを見下ろし、ちゅ、と額に唇を落として、また勝手に部屋から出て行った。

ドアが閉まり、足音も何も聞こえなくなり、しん、と静まった部屋に残されて、ようやくヴィクトーリアは息を吐き出せた。そのままゆっくりとベッドに倒れ込む。

誰もいないけれど、両手で顔を隠すのも忘れない。

「——っ！　ッ!!　ッッッ!!!」

なんなの——なんなのあの人は——ッ!!

全力で罵りたかったが、声がうまく出てこない。

確かめなくても、全身が赤く染まっているのがわかる。

そして今日見る夢は、悪夢に近い最高の夢だと、ヴィクトーリアはすでに知っていた。

彼の言う通り、目を閉じる瞬間に思い浮かべるのは、レオナルトの顔だろうから。


翌朝、ヴィクトーリアは、使用人たちにお風呂の用意をしてもらった。汚れた服を今すぐ消してしまいたい。これらを渡して洗ってもらうことが恥ずかしくて死にそうだ。

しかし、レオナルトに褒められたドレスを捨てることは躊躇われた。

結局、彼にいいように操られている気がして悔しかったが、最悪で最高の夢を見た朝、ヴィクトーリアはなんとか気持ちを持ち直し、父と同じ朝食の席に着いた。

いつもはにこやかに始まる朝食だが、今日は朝の挨拶だけで、その後、親子は黙々と食事をしている。使用人たちには奇妙に見えたに違いない。

父が、ヴィクトーリアに聞きたいことがあるのに言葉が見つからない様子なのはわかっていたが、その質問を口にさせるつもりはなかった。

「……ごほん、トーリア、きの――」

「――――」

「いや、その、今日だが」

言いかけた父をじろりと見ると、彼は気まずそうに視線を逸らして言葉を換えた。

ヴィクトーリアはすぐに、悪いことをした、と反省し、深く息を吐く。

「――ごめんなさい、お父様。まだちょっと、気持ちの整理がついていないの」

「そ、そうか……そういう日もあるだろう。頑張りなさい」

いったい何を頑張るのか。

父にも理解できていないのかもしれない。夜会から突然帰って来た娘が、明らかに乱れた様子で抱きかかえられて部屋に入ったとなれば。

父親として狼狽えるのが普通だろう。

今日のヴィクトーリアは襟元の詰まった服を着ている。

昨日、晒していた首から胸元まで、しっかりと赤い痕が残っていたからだ。

しばらく何もなかったおかげで、消えていたというのに。

ふう、ともう一度息を吐いて、行き場のない怒りを逃がしていると、父が咳払いをして改めて言った。

「――トーリア、今日の予定はなんだね」

「今日は……別に、何もありませんが？」

「では、エトヴィンに着替えを持って行ってくれるか。またしばらく帰ってこないようだ」

「またですか？」

兄は、近衛騎士になってからというもの、ほとんど屋敷に帰って来ていない。

騎士として優秀なのかどうかはわからないが、王城に与えられている執務室はほぼ私室化され、何日かに一度、こうして着替えを持って行くのが常だった。

それでも、いつ見てもくたびれた様子がないのが兄のすごいところなのかもしれない。

いえ、待って？　それももしかして、騎士だからとか……だったらどうしよう？

よく知っている兄が、騎士だというだけで突然知らない何かに変わった気がした。

「――お兄様、騎士団をちゃんと辞められるのかしら……」

兄は三十五歳になったら騎士団を引退し、家を継ぐと決めていた。

それまでは騎士団で自由を謳歌するらしい。

兄の言う自由とは、女性たちと気楽に軽い付き合いを繰り返す、という意味だ。結婚もしないで、女性の噂が絶えないのはヴィクトーリアもよく知っている。

果たして、そんな兄が騎士団を辞め、家を継ぐために結婚できるのだろうか。

「約束だからな。それは守るだろう」

「……そうね、約束は守る人だものね」

そんな兄だから、ヴィクトーリアは今日も着替えを持って行ってあげるのだ。


王城に着くと、兄の部屋までの道は慣れたもので、誰の案内も必要としない。

だが、すれ違う人々に振り返られ、何かを言われているような気がする。それは昨日のことに関するものだろうと思うが、ヴィクトーリアはすべて無視した。

誰にも声を掛けられないように、いつもよりも足早に歩いて兄の部屋に向かう。

階段をいくつも上がり、曲がりくねった角を何度も曲がり、着いた先が兄の執務室だ。

他にも道はあるのだろうが、王城の中は複雑な構造になっていて、一度覚えた道以外は通るな、と兄に言われている。

もっと歩きやすい道があるのではと思うが、このルートが一番人と会うことが少ないと教えられているので、今日はありがたかった。

こんこんこん、とドアを叩くと、「入れ」と中から声がかかる。

「お兄様？」

ドアを開けて顔を覗かせると、机に向かっていた兄が顔を上げた。

「ああ、お前か――着替えか？　そこに置いておいてくれ」

そこ、と指さしたのはベッド代わりにしているのだろう大きなソファだ。

普通の三人掛けのソファよりも大きい。体格のいい兄が寝るために置いたに違いない。

そういえば、兄は書類仕事が多いようで、運動をしているところを見たことがない。どうやってこの身体を維持しているのだろう。

不思議に思うが、もう騎士団に関わる不思議については深く考えないことにした。

「お兄様、お仕事も大変でしょうけど、たまには家に戻って来てよ。まるで家族がふたりきりになったみたいよ」

「使用人もいるだろう」

「それとこれとは別。わかっているでしょう」

兄は綺麗に片眉を上げたが、それだけだった。

兄は亡くなった母から受け継いだダークブラウンの髪で、目もヴィクトーリアと違い、どちらかといえばキツイ印象を受ける切れ長だ。

お母様と同じ色なのに、優しかった印象の母と違い、どうしてこんなにも冷たく見えるのかしら？

「お兄様も、そろそろ結婚したらどうかしら？　もう三十二でしょう？　騎士団を辞める三十五はもうすぐそこなのに」

兄は心配そうな妹に胸を張って答えた。

「俺が結婚するのは、四十になってからだ。二十歳の娘をもらう四〇二〇計画だ。ツルペタの幼妻がいい」

「――――――」

――最悪だわ。

呆れてものが言えないのはいつものことだった。

兄の嗜好《しこう》のおかしさは、今に始まったことではない。他人の嗜好は否定したくないが、本当にそれでいいのだろうか、と不安に思うのも事実だ。

ヴィクトーリアは、机を回ってこちらへ来る兄を可哀想な目で見つめる。兄はヴィクトーリアの前まで来ると、にやりと笑った。

どこかで見たことがある、意地の悪さを感じる笑みだ。

嫌な予感がする、とヴィクトーリアは身構えた。

「そんなことより、面白いことになっているじゃないか、お前。まさか騎士に捕まるとは思っていなかったが……」

執務室からほとんど出ていないような兄が、どうして最近のヴィクトーリアの状況を知っているのか。

「昨日の逃走劇も、騎士団の間ではなかなか評判がいいぞ」

昨日の今日で、騎士団に周知されていることについては、彼らの情報収集の速さに感心するが、抱きかかえられてふたりで王城を走ったことを兄が知っていると思うと恥ずかしくて堪らない。

ヴィクトーリアはため息を吐いた。

どうして評判がよくなるのかわからない。

「そんなこと言われても、だからなんだって言うの？」

「レオナルト・アイブリンガーか……まぁ悪くはないな。仕事もできる。辺境に居ついてしまったのはアレだが、お前が望むなら問題はないだろう。サウラン砦はなかなか面白いところだからな」

人の言うことを聞いているようで聞いていないのは、騎士だからなのだろうか？

兄とレオナルトに似通ったところを見つけてしまい、ヴィクトーリアは狼狽えた。

「お兄様、私別に、まだ、彼とどうか、とか、そんなこと……」

言いかけて、兄が呆れた顔をしたので言葉を止めた。

「騎士を本気にさせておいて、今更何を言っている。もう引っ越しの準備をしていなければならない頃だろう」

「――どうして!?　なんでそんなことになるの!?」

衝撃を受けたヴィクトーリアだったが、まるで当然のことのように話す兄に促されて執務室を出た。兄は何故か、ヴィクトーリアをこの部屋に長居させないようにしている。訝しんだこともあるが、仕事中なのは確かで、深く追及しないまま、今日も退出する。

着替えを届けに来た時、途中まで兄が送ってくれるのはいつものことだ。

しかしヴィクトーリアは、いつものように平常心ではいられない。

気づけばすっかり、レオナルトに外堀が埋められているような状況と教えられたからだ。

「どうして、と言われることに、どうしてだが?」

やっぱり、兄も騎士団の人間だった。

常識が通じないなんて。

ヴィクトーリアはとっくに、彼から逃げられない――そもそも逃げる気持ちもないと自覚していながらも、まだ婚約もしていない相手との話が本人も知らないうちにどんどん進んでいくことが不思議でならなかった。

「お兄様は――……」

言いかけて、兄が何かに気づいたように自身の唇にそっと指を当てたのを見て、口を噤む。

同時に足を止めてから、なんだろう、と同じように耳を澄ましていると、廊下の向こうから誰かの足音が聞こえてきた。

何故か兄は、ヴィクトーリアと一緒に目の前にあった柱の陰に隠れる。

なんなの、と訝しみながらも従うと、声がはっきりと聞こえ始めた。

「――だから、私が頼んだことなんだよ」

「まさか……しかし、本当ですか？」

「ああ、あのまま、従兄弟のアンディが不幸になるのを見るのは忍びないだろう？　何しろ、振られた相手の結婚式にまで来るような女だぞ。だから私が、友人に頼んで言ってもらったのさ。彼女に近づいて、どうにかして堕として、従兄弟から引き離してくれ、と。結果は、あの通りだ。彼女の噂を聞いたかい？　彼女は彼に夢中だそうじゃないか。あの、レオナルト・アイブリンガーに。さすがは経験豊富な猛者なだけはあるね」

「そ、そうですか……では、もしや、昨日の騒ぎも？」

「騎士団のパーティで起こったことだろう？　詳しくは知らないが、あの彼女――ヴィクトーリア・シュペールが、別れ話でもされて逆上したんじゃないかね。それを落ち着かせようと、レオナルトが連れ出した、と」

「なるほどなるほど……」

彼らはそのままヴィクトーリアたちの前を通り過ぎ、廊下の奥へと消えていった。

もう、ヴィクトーリアに声は聞こえない。いや、なんの声も聞こえる気がしなかった。

彼らは、なんの話をしていたの？

誰が、何を頼まれて、私に何をしたの？

私はいったい、何を――

顔は真っ青になっているに違いない。思考は昏《くら》いほうへと傾き、まっすぐ立っていることも難しかった。

「トーリア」

そんなヴィクトーリアを、兄が現実に引き戻す。

そうだ、兄がいたのだった。

思わず動揺した目を向けると、冷静な眼差しとぶつかった。

「それで、どうしてほしい？　殴る？　蹴る？　それともモいで潰すか？　最北のダリウス砦で一生を過ごさせてやろうか？」

兄が何を言っているのか、最初はわからなかった。

ダリウス砦は年間を通して寒冷な場所で、騎士団の赴任地の中でも辺境すぎて望んで行く者は少ないと聞く。

おかげで、立派な左遷先として名を知られていた。

それに、何を潰すというのか――

ヴィクトーリアは呆れた顔になった。

「――お兄様ったら、何を言っているの？　高潔な騎士が下品な言葉を使わないで」

「騎士が高潔？　そんなもの食べたら腹を壊すぞ」

高潔とは食べるものではない――

ヴィクトーリアはため息を吐きたくなるが、おかげで冷静さを取り戻した。

大事なのは、レオナルトが本当に、誰かに言われて何かをしたのか、ということだ。

知らない人の話に惑わされるのは愚かだ。レオナルト本人の口から聞かなくては。

ヴィクトーリアは意志を強く持ち、深呼吸するように深く息を吐いた。

「いいの。彼のことはちゃんとわかっているもの。一応聞いてみるけど」

「ほう」

兄は感心したような声を上げたが、顔はにやけている。

「やり返すのは、確かめてからでも遅くはないもの」

「なるほど、さっきの男たちの話が事実で、お前を弄んでいただけだとわかったら、いたぶっていいんだな？」

「私の後で、ね」

「はは、さすがは俺の妹だ」

「そんなことより、ちゃんと家に帰って来てよ。ね！」

「わかったわかった。気を付けて帰れよ」

いつもの生返事を聞きながら、廊下の角で兄と別れたヴィクトーリアは、来たのと同じ道を辿りながらも、一抹の不安を抱えていた。

本当に……本当だったら、どうしよう。

兄に対しては気丈に見せたが、レオナルトが、人に頼まれてヴィクトーリアに近づき、そしてアンディのために手を出して、そしてそのまま別れるつもりなのだとしたら――

そこまで考えて、昨日のレオナルトのことを思い出し我に返る。

アンディをあそこまで怯えさせた人がそんなことをするだろうか。あれが全部演技だったと言うのだろうか？

ヴィクトーリアの身も心も手に入れた後で、突き放すような人だと？

ヴィクトーリアは深くため息を吐いて、「違うわぁ」と呟いた。

どう考えても、自分の中のレオナルトという男は、そんな演技をする人ではない。

そもそも、からかうだけ、弄ぶだけ、というのなら、出会った次の日に追いかけてきて求婚などと言い出した意味はなんだったのか。

とりあえず、ヴィクトーリアはさっき話していた男――アンディの従兄弟らしき人と面識はない。ヴィクトーリアのことを都合よく扱い、それを善意だと思っているアンディの親戚というのなら、そもそも信用がならなかった。

結局、信じられるのは自分だけなのだ、とヴィクトーリアが思ったところで、声が聞こえてきた。

「――？」

空耳だろうか、とちょうど王城から庭に出たところであたりを見渡した。

芝生の庭が続き、正門まではまだ距離があるが、人はまばらに見える。

「――お嬢様」

空耳ではなかった。

確かに聞こえた声に、ヴィクトーリアは振り向いた。

＊

「団長！　マーティ・グラスが消えました！」

「――どういう意味だ」

焦りを匂わせる部下の声に、レオナルトは冷静に返した。

何か起こったのなら、冷静でいなければ何もできない。

噂を広めた犯人のひとりとして、マーティ・グラスが怪しいと睨んだのは早い段階でのことで、今は調べて裏を取っているところだった。

このままいけば、明日にでも捕らえることができると思っていたのだが。

レオナルトは顔を顰める。

「――探っていることに気づかれたのか？」

案外、敏い男だったのだろうか。

けれど、部下たちは揃って首を振った。

「いや、昨日のことが原因じゃないっすかね……」

「ああ。あのいちゃつきっぷりと、堂々とした逃走劇。すでに広まっていますけど？」

「どう見ても、ヴィクトーリアを団長にとられる、と焦ったんじゃないすか」

「とられるも何も、プリンセスは俺のものだろうが」

「……その自信、俺にはとても持てねぇなぁ」

「お前、本当にそんな自信欲しいのか？　団長みたいになるぞ？」

「あ、別に要らないかも」

「どうでもいい話をするな。それで、後は追ったんだろうな？　――いや、プリンセスは今どこだ!?」

顔を見合わせ、部下が言った。

「えーと、今日はエトヴィン殿、彼女の兄のところへ向かったようで……王城ですね」

それを聞くなり、レオナルトは駆け出した。

いや、すでに駆け出していて、部下が追いつけないほどの速さだった。

しかし、向かう先はわかっている。レオナルトを追いかける部下たちは、最悪な状況にならないよう願っていたが、レオナルトが動いた以上、ヴィクトーリアの心配はする必要がなかった。

7章

ヴィクトーリアは動きを止めた。

物陰から出て来たマーティは、いつもとどこか違っていたからだ。

「マーティ？　こんなところでどうしたの……仕事の途中かしら？」

「お嬢様」

しっかりとした足取りで、一歩ずつヴィクトーリアに近づいて来るが、何かがおかしい。

ヴィクトーリアから近づくことはできなかった。

むしろ、後ろに下がれ、と本能が言っている気がする。

じり、と下がりかけたところで、マーティが笑みを向けてきた。

いつもの、慇懃無礼と思うほど丁寧な笑みだ。

「お嬢様、どうしてですか？」

「え……っと、何が？　ごめんなさい、貴方が何を言っているのかわからなくて……何かあったかしら？」

冬ではあるが、昼間のことだ。

芝生の庭には柔らかな光が差し込み、とても穏やかな空間になっている。

回廊に面しているので、通り道にしている人も多く、ヴィクトーリアたちを横目に通り過ぎる人もいる。どうしたんだろう、と怪訝な目を向けながらも、足を止める人はいない。

「マーティ？」

もう一度呼びかけると、マーティは素早く近づいて、ヴィクトーリアが逃げる前に腕を摑んだ。

「……っい、たっ、痛いわ、マーティ！」

「どうしてですか、おじょうさまぁ!!」

放して、と強く腕を振り、痛みを訴えたのに、聞こえていないのか、マーティはやはり同じことを叫んだ。

ヴィクトーリアの声を掻き消すような大声だ。その目はヴィクトーリアを見ているようでいて、違うものを見ているように虚《うつ》ろに感じられ、ヴィクトーリアは腕を摑まれながら、どうにかして離れられないかと身体を引く。

「おじょうさま、おじょうさま、わたしが、わたしがずっとずっとおしたいしてきたのに、どうしてほかのおとこにきをゆるすのです！　おじょうさまはやさしいから、こまっているひとをみすてられないのでしょうけど！　もうだめです、もうがまんできませんよ！」

「マ……マーティ？」

彼はいつもと話し方まで違ってしまっている。まるで子供のようだ。

「あなたはわたしのものですから！　おさないころ、であったときからきまっていたんですよ！　そのために、わたしがずっとずっと、どれほどどりょくしてきたか……」

まさか、とヴィクトーリアは目を瞠った。

下働きから今の地位になるまで頑張ったのは、ヴィクトーリアのためだったのだろうか。

そう思うと申し訳なくなって心が痛む。ヴィクトーリアがマーティをそういう目で見たことはこれまで一度もなく、そしてこの先もないだろうと思ったからだ。

「わたしではたりないから！　おじょうさまにおちてもらおうと！　わたしがいいつづけてきたのに！　みなにふこうになるからちかづくなといってきたのに！　どうしてまだふこうになろうとするんですかおじょうさまぁ!!」

「――――！」

違う。そんな話ではない。

しかし、虚ろな目で確かに本心を叫んでいるマーティは、今、ヴィクトーリアを傷つけてきたことを自ら吐露したのだ。

幼い頃から流れていた悪い噂。何をしても、ヴィクトーリアに付いて回った悪い噂。

父の側にいるマーティなら、ヴィクトーリアのことをよく知っていたはずだ。

「わたしといっしょにいなければふこうになるんですよ！　みながふこうになるんです！

おじょうさまのせいでぇ、みながふこうに！　だからおじょうさまはわたしといっしょにいなければなりません！」

ヴィクトーリアの目には、知らず涙が浮かんでいた。

幼い頃、父と一緒に国中を回るのが好きだった。いろいろな人に出会い、優しくされて、ヴィクトーリアも同じように彼らに優しさを返すことが楽しかった。

そんな彼らが、ヴィクトーリアを拒絶し、離れていった時のことを思い出すと、今でも胸が締め付けられる。

私がいなければ、みんなは幸せになる——

そう思って引き籠もっていたけれど、心からそうしたかったわけではない。誰にも会いたくなかったわけじゃない。不幸にしたくなくて、必死に選んだ結果だったのに。

その原因がこんなことだったなんて。

ヴィクトーリアは目の前で壊れたようにおかしくなった男を見て、ただ悲しいとしか思えなかった。握りしめられた腕が痛みを感じていたけれど、それがなければ今起きていることが現実だとも思えなかっただろう。

気づけば周りに人が集まっていて、ヴィクトーリアたちは注目を浴びている。

しかし、どうでもよかった。

あの頃の、傷ついた小さな自分に、あなたのせいじゃないよ、と言いたかった。でももう過去には戻れないから、悲しみだけが募る。

「さあ！　さあいきますよおじょうさまぁ！　わたしといっしょに！　しあわせになりに！」

「――っきゃ！」

ぐっと引っ張られて、よろけて膝から地面についた。

その衝撃にびっくりして我に返ったけれど、口から泡を吹いているマーティは正気ではないと焦る。

どうしよう、この状況から抜け出すのに、何が――

何が必要なのかと考えて、ヴィクトーリアに浮かんだのはひとつだけだ。

騎士。

高潔じゃない、騎士。

こちらの常識が通じない、傲慢な騎士。

ヴィクトーリアを混乱に陥れて、しまい込んでいた感情を取り戻させて、そして心のすべてを奪った騎士。

レオナルト・アイブリンガーが、今ヴィクトーリアには必要だった。

「おじょうさま……っヴあぶッ!?」

「ひゃ……ッ!?」

瞬きしたことで涙が頬に零れた瞬間、膝をついたヴィクトーリアを引きずるように動き出したマーティが視界の中で横にぶれた。同時に、腕を掴まれていたせいでヴィクトーリアも一緒に飛んだ。

驚いたけれど、彼を下敷きにして倒れたおかげで、まったく痛くはなかった。ものすごくびっくりしたけれど。

「――――貴様！」

もはや耳慣れてしまった怒声が響き、その姿がヴィクトーリアの視界に入る。

レオナルトが、そこにいた。

いったいいつの間に現れたのか。本当に、いつもいつも突然で、ヴィクトーリアを驚かしてくれる。

レオナルトはマーティの腕を摑んでヴィクトーリアの手を放させてから、ひょい、と彼女を抱き上げて離れた場所に下ろした。

何、と混乱していると、レオナルトは地面に転がったままのマーティのもとに戻り罵声を浴びせた。

「貴様！　俺のプリンセスを突き飛ばしたな！」

そうだっけ？

首を傾げるヴィクトーリアを尻目に、レオナルトはマーティに馬乗りになる。さらに襟を摑んで頭を浮かせ、思い切り殴った。

「うぐぁっ」

マーティの口から呻き声と一緒に飛んだのはどう見ても血だ。

驚き、呆然としていると、後ろから、呆れを含んだ会話が聞こえてきた。

「……いや、それは団長が飛び蹴りしたせいだろ」

「あいつが摑んでいた手を放さなかったのが誤算なだけで」

「てか、状況を確かめず突っ走るほうが悪いだろ……」

振り向くと、騎士団の面々がヴィクトーリアを囲むようにして佇んでいる。

のんびりと話しているようだが、そんな状況だろうか？

「覚悟はしているんだろうな！」

「はがぁっ」

「クソ野郎の分際で、俺のプリンセスに手を出すとはいい度胸だ！」

「ぐふぅっ」

「貴様などがプリンセスと同じ空気を吸っていいと思っているのか！　このクズが！」

「がはぁっ」

レオナルトは血を吐き呻くことしかできないマーティを汚い言葉で罵り殴り続ける。

そろそろまずいのでは、と狼狽えるヴィクトーリアが後ろの騎士たちとレオナルトを交互に見ていると、ようやく彼らのひとりが動き出した。

「あ、そろそろ止めないとヤツが死にそうだ」

「殺すのはまずいな」

「団長ー、そこまでですよー」

止めてくれる、とほっとして胸を撫で下ろしたが、ヴィクトーリアの側に残った騎士が楽しそうに笑った。

「簡単に殺したりはしませんから。貴女を陥れたヤツを団長がそんなに早く楽にしてやるわけがないでしょう？」

それ、笑って言うことかしら？

ヴィクトーリアは何も言えなかった。きっと顔は青くなっているだろう。

それがマーティのせいだけでないのは、ヴィクトーリア自身がわかっている。

「プリンセス」

固まっていると、まだ気が治まっていない様子のレオナルトが戻って来る。

その手が血に染まっているのが普通に怖かった。

「…………」

「怪我は？　……くそっ、奴に摑まれた痕が残ってるじゃないか。ヤツにも一生消えない痕を付けないとな」

いえ、もう彼には充分なくらい消えない傷痕が付いているんじゃないかしら。

そう思いはしたが、まだ衝撃は残っていて、ヴィクトーリアの口は動かなかった。

「他は？　やつに突き飛ばされた時、どこか打ち付けなかったか？」

正確には、貴方が蹴り飛ばしたんですけど。

他に痛みはないし、最初に転んだ時に膝を打ったけど、もうなんともなかった。

「泣いたのか……お前を泣かせていいのは俺だけのはずだが」

泣いたのは確かだけれど、涙も引っ込むほどの出来事が起こったので、もう目はカラカラに乾いているわ。

ヴィクトーリアは口では何も答えられなかったが、レオナルトは様子を確かめると何度か頷いた。まるで、ヴィクトーリアの心を読んだかのようだった。

けれど、レオナルトの次の言葉に声の出し方を思い出した。

「君に求婚しているのは俺だというのに……次から次へと勝手なことをほざく輩が出てくるな。これはやはり、早々に結婚するべきじゃないか、プリンセス？」

「──は？」

「何？」

問い返した時、ヴィクトーリアの顔ははっきりと歪んでいただろう。

そしてレオナルトも眉間に皺を寄せていた。

彼の発言に言いたいことはあっても聞き流していたけれど、これだけは聞き流せなかった。

「私が、いつ、貴方に求婚されたの？」

「──何を言っている？」

「いつ？」

「いつだと？　そんなこと──」

「貴方が言ったのは――」

ヴィクトーリアはちゃんと覚えている。

レオナルトが言ったのは――

自分のものにする。

結婚を申し込みに来た。

父に結婚の確認を取った。

求婚をしに来た。

だけだった。勝手に婚約者扱いされているのはわかっていたけれど、これだけは譲れなかった。

「……うん？」

首を傾げているが、可愛いなんて思わない。

ヴィクトーリアはまだ返事をしていない。返事をする機会さえ与えられていないのだ。

「ちゃんと言ってなかったか？」

「聞いてないわ」

「そうだったか？」

「嘘なんて言わないわ、私」

レオナルトの言葉に、すべて律儀に返していると、背後からぼそぼそと声が聞こえてくる。

「うわぁ……団長、求婚してないとか」

「あり得るか？　それでいて自分のもの宣言？」

「俺、団長と同じ自信、マジいらねーわ」

彼らの言う通りである。

一緒に呆れながらそう思ったところで、レオナルトがさっと立ち上がった。

「ちょっと待っていろ」

「――え？」

口をぽかんと開けているうちに、レオナルトが風のように消えた。

残されたのは、伸びたマーティを縛る騎士団と、ヴィクトーリアを守るように周囲にいてくれるレオナルトの部下たちと、公衆の面前で起こった寸劇のような出来事を野次馬として見ている人々――

その野次馬の存在に気づいて、ヴィクトーリアは慌てて自分も立ち上がり、ここを立ち去ろうとしたものの、騎士たちに止められた。

「ここで、落ち着いて待っていてください」

「団長の命令ですから」

「動かないほうが、身のためです」

いろいろな意味で、とぼそりと言った言葉は、確かにヴィクトーリアにも聞こえた。

その意味については身体が覚えているので、ヴィクトーリアは躊躇いながらもその場に残った。だが、ヴィクトーリアたちが動かないせいで、野次馬たちも動かない。

いったいこの状況をどうすれば、と焦りを感じ始めた時、事態は動いた。

野次馬の壁が、湖が割れたように開き、そこから白い人が現れたのだ。

「――――ま、さか」

ぽつりと零したのは、信じられなかったからだ。

白い隊服と、青い裏地に星の裏打ちが付いたマント。誰が見てもわかる、騎士団の礼装だった。それを、レオナルト・アイブリンガーが着ているのだ。

ヴィクトーリアだけではない、野次馬の中にいた女性たち全員が息を呑んだ。

彼は、それほど美しい存在だった。

そしてヴィクトーリアは違う意味でも驚いていた。

早くない!?

レオナルトが走り去ってから、ここを移動しようかどうしようかと悩んでいたくらいの短い時間だ。いったいどこで着替えたのか。そして誰の服なのか。

血まみれだった手も綺麗になっている。

その早業に狼狽えたのだが、他の騎士たちはヴィクトーリアの疑問の視線から目を逸らした。その間にも、レオナルトはヴィクトーリアに近づいて来ている。

その勢いに、ヴィクトーリアも覚悟を決めた。

「プリンセス」

レオナルトはまっすぐに、他の者には目もくれず、ヴィクトーリアの前に辿り着いた。

そして片膝をつく。

手にしているのは、剣帯についているバックルだ。騎士団の証しである羽を象った印章になっていて、これを一生持ち続けるのは不幸とも言われている。

何故なら、それは婚約の儀式で使うものだからだ。

レオナルトはまっすぐにヴィクトーリアを見上げながら言った。

「――私、サウラン砦辺境騎士団団長、レオナルト・アイブリンガーは、ヴィクトーリア・シュペールに忠誠を誓う。俺の身体、俺の心のすべてで君を護る。これは騎士団の羽のもとに誓約するものであり、これを違えることは生涯あってはならない。その証しに、王国に捧げたこの剣に誓う。俺のすべてを君に捧げる。君のすべてを俺がもらう。俺たちの間を邪魔するものは誰であろうと沈める。その証しに、俺の羽を君に捧げる」

それは、女性なら誰もが夢見る求婚の言葉。

騎士に憧れる誰もが、言ってほしいと願うもの。

ヴィクトーリアだって例外ではなかった。ようやく、返事をすることができるのだ。

ヴィクトーリアは手を伸ばし、レオナルトが差し出したバックルに自分の手をのせた。

「――はい」

その瞬間、見守っていた周囲から爆発的な歓声が上がった。

もちろん悲鳴も混じっていた。

そこで公衆の面前だったことを思い出すが、恥ずかしがっても今更だ。

レオナルトはヴィクトーリアを見て、にやりと笑った。

いつもの余裕たっぷりの、自分勝手なことをしでかす、あの笑みだ。

「これで、君は正式に俺のものだ」

「――そう、なるのかも？　って、きゃあ!?」

ずいぶん傲慢な求婚だったけど、と首を傾げた瞬間、足を掬い上げられるように抱き上げられ、ヴィクトーリアは悲鳴を上げた。

「あの男を檻に放り込んでおけ。正気に戻した後、ちゃんと話をしてやる」

「了解しました、団長」

「…………」

レオナルトの言葉に、部下の騎士たちは素直に拝礼したけれど、ちゃんと話を、の「ちゃんと」が不穏な言葉に聞こえたのはヴィクトーリアだけだろうか。

しかしそんな疑問も置き去りにされて、ヴィクトーリアはそのままレオナルトに抱かれて移動することになった。

「待って！　下ろして！　歩く！　自分で歩けるから！」

「急いでいるんだ。じっとしていろ」

「じゃあ走るから下ろして――――！」

なんだか前にも同じことを言った気がする。

たしかに彼は足が速い。ヴィクトーリアが走ったところで付いて行けないほど速い。

しかしだからと言って、公衆の面前を、王城の前を、王都の中を、抱きかかえて走っていいものではない。

ヴィクトーリアはせいぜい自分の両手で顔を隠すことしかできなかった。

顔を隠したところで無駄なのは、自分でもわかっている。


もちろん、レオナルトは家に帰ったわけではなかった。

王城を出て、近くの宿に飛び込んだのだ。家に帰るまであの状態を人様に晒し続けずに済んで安心したけれど、もうどのくらい見た人がいるのか。

考えたくなくて、宿の個室に入ってベッドの上に下ろされた時は、ひとまず安堵した。

「ここは？」

「覚えていないのか？」

言われて、ふたりが初めて泊まった宿だと思い出す。

思い出すと言っても、あるのは朧げな記憶のみで、装飾が落ち着いていたとか、ベッドがやけに大きくて普通の宿ではないとか感じたくらいで、今になって改めてここがなんのための宿なのかを知った。

いわゆる、上流階級の秘密の遊び部屋的な――

ヴィクトーリア自身はそれまで使ったことも見たこともなかったが、知られてはならない相手との逢瀬をする場所だ、と聞いていた。

私、そんな場所で……っ!?

なんてことをしたのだろう、と狼狽えていると、ヴィクトーリアの思考を読んだらしいレオナルトが否定する。

「ここは辺境騎士団の定宿だ。王都で賓客をもてなす時に使用する。部屋が空いていれば、団員が使える」

レオナルトはしかし、この部屋を使ったのはあの時が初めてだったと言う。

そのことにヴィクトーリアはほっと息を吐いた。しかしそれもつかの間のことで、勢いよくマントを取り、礼装を脱ぎ始めたレオナルトにぎょっと目を剝いた。

「な、な、何を」

「決まっている」

わかっている。

レオナルトが一刻も早く、人目に付かない場所に移動した理由など。

だが、それをすぐに受け入れられるほど、ヴィクトーリアの羞恥心はなくなっていない。

レオナルトは半裸の格好でベッドの上のヴィクトーリアに迫った。

「プリンセス」

「な……何？」

「罰の後は、ご褒美を与えるものだろう？」

どんな罰だったのか、ヴィクトーリアは昨夜、馬車の中でされたことを瞬時に思い出し、顔に熱が籠もった。あの時与えられなかったものに期待してしまった自分に、レオナルトが気づいたことを知る。彼はにやりと笑った。

「しかし、他の男に触らせたお仕置きは、また別だがな」

それ、私のせいじゃない――

どんなお仕置きなのか。それにご褒美だってきっと、散々泣かされてしまうに違いないとわかっていながらも、レオナルトの強引なキスを受け入れるしかなかった。

「ん……っん、ん、ん」

何度されても、鼻から抜けるような声を殺すことができない。

彼は、強引に口腔をかき回す。ヴィクトーリアが苦しさのあまり力を抜いた頃、ゆっくりとした、ひとつひとつに時間をかけるような動きに変わる。

その変化の仕方を理解してしまうと、次を待ち構えてしまい、期待に胸が膨れた。沸き上がって来る熱を抑えられなくなる。

「ん……は、ぁん」

レオナルトの手は素早くヴィクトーリアの服も脱がした。

もちろん全身を撫でながらだったから、ベッドに倒れ込んで服が足下に丸まっている頃には、火照った身体を持て余して次を待っているような状態だ。

ヴィクトーリアの乳房は、普通よりも大きいのだと思う。

ジジからすると「もげろ」と呪うような大きさらしい。

ヴィクトーリアにしても、大きいだけで重たい胸など必要ないと思っていたけれど、レオナルトに毎回顔を埋められて、入念に揉みしだかれると、大きくて良かったのかも、と思い直しもした。

「ん、んぁ、ぁん、あっ」

片方の胸先を指で弄びながら、もう片方は口に含む。

口腔を責めるのと同じように、舌先で転がして時折吸っては甘噛みしてを繰り返す愛撫に、ヴィクトーリアはさらに気持ちが昂った。

じゅう、と強く胸を吸われて、びり、と全身が痺れたように戦慄く。

「ひぅ……っ」

足先がきゅうっと丸まったが、その戦慄が冷めやらぬうちに、レオナルトの次の手の動きが始まる。

「あ、あ、あんっ」

乳房を持ち上げられ、その下にも舌を這わされ、臍の窪みを擽られると、知らず脚を擦り合わせていた。

「――プリンセス」

だが、その呼び方に、昂った気持ちがひゅうっと音を立てたように急降下した。

「プリンセス？」

ヴィクトーリアの反応が変わったのがわかったのか、レオナルトも手を止める。

彼は顔を上げ覗き込んでくるが、その青い双眸をヴィクトーリアは睨んだ。

「私……プリンセスじゃない、わ！」

「君は俺のプリンセスだ」

「王女様じゃないし、貴族のひとりとして生きるのさえ難しかった、ただの女だわ」

「何を……」

「貴方は、いったい誰をプリンセスなんて呼んでいるの？　私以外の人も同じように呼ぶの？」

プリンセスという愛称で呼ばれる女性はつまり、レオナルトの好きな相手になるのだろう。そのことが、ヴィクトーリアの心に不安の影を落とす。

もしヴィクトーリアと別れたら、レオナルトはきっと次を見つけるはずだ。そして新しい人が、次のプリンセスになる。

そう思うと、自分の立場があまりに不安定で、ヴィクトーリアはこんな状況にありながらやきもちを焼いていた。

彼はそのことを理解したようだが、眉根を寄せるだけだった。

「……プリンセスの何が気に入らない」

拗ねた子供のように言う彼に、どうして通じないの、と泣きたくなってくる。

「――嫌なの。ただ、そう呼ばれるのが、嫌。わがままだってわかってるけど……嫌だって思ってしまったの！」

ヴィクトーリアはもう、自分の気持ちに嘘は吐けなかった。

自分のことを全身で愛し、想ってくれる相手に、ヴィクトーリアだって嘘は吐けない。

レオナルトはそれでも躊躇っているようだった。

悲しみに胸を衝かれながらレオナルトを見つめていると、彼が横を向いた。

彼が――顔を背けた！

いつも自信満々でヴィクトーリアをからかったり、構ってもらうのが楽しいと余裕の笑みを浮かべているような人なのに。そのレオナルトがヴィクトーリアから視線を外したのだ。

その横顔をじっと見ていると、少しだけ――本当に微かに、おそらくいつも見ていないと気づかない程度に、レオナルトの目元が赤くなっているのに気づいた。

「どう……」

したの、と言いかけて、ヴィクトーリアはわかった。

わかってしまった。レオナルトが、照れていることに。

傲慢で不遜《ふそん》な態度を崩さず、いつも命令口調な男が、照れている！

その驚愕の事実に、ヴィクトーリアは泣きそうだった気持ちも吹き飛んで目を輝かせた。

「名前を……呼ぶのが、恥ずかしいの？」

それは、いつもの仕返しのつもりだった。ヴィクトーリアが恥じらうのを面白がって、嫌なことを繰り返すレオナルトへの意地悪でもあった。

振り向いた顔は、予想通り不満そうなもので——しかしその頬の色に気づいてしまうと、そんな顔すら愛しく思えてくる。

レオナルトに夢中になり、レオナルトという熱病に罹り、もう末期症状に陥っているのだ。

「——君こそ、俺を名前で呼ばないくせに」

「レオナルト」

面と向かって初めて言ったにもかかわらず、その名前は呆気ないほどすんなりと口から零れていた。

レオナルトの整った眉がはねあがり、驚いたままの形で止まった。彼のそんな顔を見られただけで、ヴィクトーリアは今日一番欲しかったものを手に入れた気がした。

ヴィクトーリアはにっこりと笑った。

「ずっと、呼びたかったの」

「君は——」

珍しくレオナルトが額に手を当てて、まるで頭痛を感じているようだった。

「だって、呼んでもらえないなら、私だけ呼びたくないもの」

「——君は、本当に……」

俺をどうしたいんだ？

レオナルトの低い声は、ヴィクトーリアの耳にとても心地よく届いた。

「レオナルト？」

微笑むと、レオナルトは嫌なものを見た、と言いたげな顔をしたが、それも一瞬のことで、諦めたように息を吐き、言った。

「――ヴィクトーリア」

自分の名前は、こんなにも美しい響きを持っていただろうか。

ヴィクトーリアの目は煌めき、世界が光っているように見えた。

騎士団の定宿で、半裸のレオナルトに全裸にされてベッドに押し倒されているのに、こんなにも世界が綺麗だと感じたのは初めてだった。

「ヴィクトーリア」

レオナルトは確かめるようにもう一度呟き、そしてもう一度言った。

「ヴィクトーリア」

繰り返されて、ヴィクトーリアは苦笑する。

「そんなに何度も呼ばなくても――」

「慣れるために何度も言う必要がある」

「慣れ……」

名前を呼ぶのに？

そんなものだろうか。

「ヴィクトーリア」

「まだ？」

慣れないのか、と思わず笑ってしまったヴィクトーリアを、レオナルトは腕を取って起こし、ベッドに——正確には、ベッドの上の自分の膝の上に座らせた。

「な、何？」

「ヴィクトーリア、君を護れなかった俺を許してくれ」

「……えっ？」

驚いたのは、レオナルトから初めて謝罪のような言葉を聞いたからだし、その手がヴィクトーリアの右手を取って手首に口づけを落としたからだった。

そこにあったのは、今日付けられたばかりの指の痕だ。レオナルトのものではない。ヴィクトーリアを幼い頃から苦しめていたマーティによるものだった。

ヴィクトーリアとしては、それ以降に起こったことのほうが衝撃が強く、もはやマーティのことなど、そんなこともあったな、と思うくらいのことに過ぎなかったが、レオナルトは違うらしい。

「マーティ・グラスが怪しいとはわかっていたんだが、我々の隙を衝かれ、逃げられてしまった。これは騎士としてあり得ないミスだ。後で部下たち全員にも謝罪させるから楽しみにしていろ」

「――え、ええっ!?」

「まさかあのクソ野郎に騎士を出し抜く度胸と行動力があるとは思わなかった――いや、これは言い訳だな。潔く認めよう。俺にも失敗することはあると」

「は、はぁ……」

レオナルト本人は殊勝《しゅしょう》な顔をしていた。

彼は謝っているつもりかもしれないが、聞いているヴィクトーリアからするとこれほど偉そうな謝罪など初めてで、本心から謝る気などないのでは、と感じられた。

そもそも、彼の部下たちの謝罪などまったく必要はない。

彼らはレオナルトと一緒に、ヴィクトーリアを護ってくれたのだ。

グレイルだってそうだ。レオナルトをはじめとして、騎士に怒りなどまったく持っていない。謝罪されても困るだけだ。

ちゃんと助けてくれたレオナルトや騎士たちのことは感謝しているが、ヴィクトーリアは他に気になることがあり、そのことについて訊いた。

「あの……マーティのこと、怪しいって思っていたの？　本当に？　いつから？」

「君と出会ってすぐの頃だ。君の噂の出所を辿り、いくつかの地に辿り着いた。怪しい者は何人かいたが、そこは主にあのクソ野郎が任されている場所だった。後はクソ野郎の行動や生活を調べていれば、君に懸想《けそう》しているのはわかったから、もしかして君を陥れるために噂を流し始めたのでは、と考えた。証拠をかき集めてヤツを確保する直前だったんだ」

「そ、そうなの……」

ヴィクトーリアとしては、噂の出所を突き止めるなど、そんなことは考えもしなかったので、本当に騎士団は優秀なのだと感心するばかりだ。

しかも、この短期間で、だ。

そもそも、レオナルトと出会ってから、そんなに時間が経っていない。

こんなに短い間で心を動かされてしまうなんて、恋って怖い。

ヴィクトーリアはそんなふうに思いながらも、自分のために力を尽くしてくれた騎士団にお礼を言いたかった。

「レオナルト……ありがとう」

騎士団の代表である、レオナルトが目の前にいるのだ。

ヴィクトーリアはそれを無視することはできなかった。

「何がだ?」

「私を……私の心、小さな私を、救ってくれてありがとう」

ぽろり、とまったく突然に、ヴィクトーリアの泣き黒子の上に滴が零れた。

「……あれ?」

なんでだろう、と驚いたが、後から後からポロポロと涙が続いていく。

「なんで、私……っ」

もう悲しくないのに、とヴィクトーリアは思った。

悲しいと思ったのは、マーティが犯人だとわかり、傷つけられた理由が、あまりにも拙《つたな》い理由だと思った時だ。幼い自分を思って悲しくなったし、虚《むな》しくも感じられた。

レオナルトに助けてもらった今では、そんな気持ちはなくなったはずなのに。

「どうして……っ？」

「ヴィクトーリア」

レオナルトはおろおろと狼狽えるヴィクトーリアの頬を、大きな手で包み、視線を合わせた。

「まだ君は涙を流しきっていない。悲しむ必要があるなら、思う存分悲しむべきだ。安心しろ、満足するまで俺が抱いていてやる」

「……っ」

「これまで溜め込んでいた涙が溢れているんだな。それが全部なくなれば、もう泣くことはないだろう――」

「――ん、」

泣き声を抑えるような、くぐもった頷きだったけれど、ヴィクトーリアはレオナルトに腕を伸ばした。裸だということも考えず。少し硬いけれど熱い身体が心地いい。

その温もりに包まれて、ヴィクトーリアは促されるまま、涙が涸《か》れるまで泣いた。

おそらく、子供の時だってこんなには泣かないだろう、というくらい涙を流し続けた。

　それから、動揺していた心も凪《な》いできて、次第に涙が治まってくるにつれ、レオナルトの言う通りだったのかも、と胸が熱くなってくる。

　擦れば目が赤くなるからと、流れるままだったせいで、レオナルトの胸元が雨に打たれたかのように濡れている。

　申し訳ないと恐縮しながら顔を離すと、レオナルトが指の腹で頬を拭った。

「──満足したか？」

「──うん」

　胸の内はすっきりしている。

　さらに、レオナルトと一緒にいることで安心し、かつてない心地よい温もりを感じていた。しかし、それを裏切るのがレオナルトなのだと、ヴィクトーリアはまだわかっていなかった。

「──よし、では次は俺の番だな」

「───はい？」

　どさり、とレオナルトに押し倒され、ヴィクトーリアは再びベッドの上に転がった。

　上から、逃げられないように圧し掛かりながら、レオナルトが笑う。

　その笑みを見て、自分がどんな格好でどんな状況なのか、今更気づいてしまい、温もっていた心がざっと冷える音がした。

「あの──」

「俺は、君の涙を見るとどうしようもなく——啼かせたくなるんだ」

「——ひっ」

甘い囁きのようで、暴君そのものの言動に、怯えるなと言うほうが無理だ。

「啼かせると、もっと泣かせたくなる——さあ次は、俺のために啼いてくれ」

＊

柔らかく、美しく、甘くて美味い。

そんな女性がいるなんて、レオナルトは夢にも思わなかった。

ヴィクトーリアはどこもかしこもレオナルトを魅了する。困ってしまうくらいに。

泣きながら、ほんの少しの怯えを見せられると、思わず加虐心が湧き、マウントを取りたくなる。

それを部下たちに言ったら、絶対にヴィクトーリアには言うな、と念を押された。

レオナルトだって、言いたいわけではない。行動で示したいだけだ。

「ん、んぁ、ん、あん、あっ」

ぬぷり、ぬぷりとゆっくり抜き差しをしているだけで、ヴィクトーリアは身悶え、美味そうな泣き黒子を濡らす。自分の内に燻《くすぶ》る快感を持て余しているのか、狼狽えながらも必死でレオナルトに縋る姿が堪らない。

脚を抱え上げ、奥深くまで突きながら、ギリギリまで引き抜く。

もう大分長い時間、そんなふうに繰り返し続けていて、ヴィクトーリアの全身は敏感になりすぎている。あと少しの刺激で達してしまうだろう。

ヴィクトーリアがその瞬間を迎える時、レオナルトは自身の性器を中に埋めておきたかった。

十五の歳に、家に伝わる閨事の指南書を完全にマスターして以来、レオナルトはどんな女性を相手にしても満足させてきた。多くは娼婦だったけれど、閨事に長けた彼女らをいかに屈服させるか、それを面白いと思っていたのだ。

しかし、今はそんなことはまるで面白いと感じない。

この、目を奪われるような肢体を初めて見た時、レオナルトは自分の人生のすべてをかけてこの身体を抱き潰したいと思ったのだ。

何度抱いても飽きない。

そんな女がいるなんて、本当は信じていなかった。

父も兄も、いつかは好きな女ができるだろう、とレオナルトの女遊びを放置していたけれど、最近はプリンセスなど本当はいないのではと諦めかけてもいた。

もっと早くに出会えればよかった。

そうすれば、ヴィクトーリアの抱えてきたものから、もっと早く彼女を解放してやれたのに。

子供のように泣きじゃくるヴィクトーリアを安心させてやりながら、下半身が勃起した状態だったのは黙っておいたほうがいいだろう。

今すでに、泣きじゃくっている姿を見るだけでこんなにも心がざわめくのだ。

「あ、あ、やぁ、ん！」

ヴィクトーリアがブルブルと激しく震え出し、もう少しでイくな、と思った瞬間、思い切り突き上げる。

「ひあぁぁぁんっ！」

思った通り、ヴィクトーリアは達した。

彼女は胸の前で両手を握り、終わらない快感に耐えている。レオナルトの腰を太腿で挟み、襲ってくる快楽の波に怯えながらも力を緩めない姿が、レオナルトの心を煽る。

熱い呼吸によって乾いた唇を舐め、レオナルトはヴィクトーリアの腕を取り、自分の膝の上に跨がらせた。

「ひぁっん!!」

繋がったままだ。

達してからまだ意識を戻せていないヴィクトーリアは、その突然の動きにも震え出した。

「や、やぁ、あっま、まって、まだ……っ」

達している最中だとわかる憂い顔は、レオナルトの欲情を煽るだけなのだと、いったいいつ気づくだろう。

ずっと煽られていたいから一生気づかなくてもいいが、と考えながらレオナルトは大きな乳房を摑み、思うまま形が変わるのを楽しんでから、髪の色よりも濃い下生えの中に指を入れた。

「ひあぁん！」

びくん、とひときわ大きく身体を揺らし、縋るようにレオナルトに手を伸ばしたヴィクトーリアに、秘所の奥、襞を掻き分けて見つけた、充分に熟れた花芽を指の腹で強く刺激してやる。

「あ、あ、あ、だめっだめぇっ、ま、また私、やだ、あ、い、いっちゃう……っ」

イかせるのが目的だ。

「やだ、怖い、くる、来る、なんか、れおなると……っきちゃう！」

「……っ」

自分が教えていない言葉で、泣きながら甘い声を上げるヴィクトーリアは、やはりレオナルトを煽り続けている。

もっとイけ、とレオナルトがヴィクトーリアのすべてを見ながら責め立てると、全身に鳥肌が立つような震えを走らせながら、もう一度ヴィクトーリアが達した。

その瞬間、ぴゅうっと、レオナルトが責めていた秘所から溢れ出たものに目が輝く。

「ひ、あ……っん、ん……っ」

「ヴィクトーリア……」

自分に起こったことが理解できず、感じすぎる身体を持て余し、レオナルトに縋るしかないヴィクトーリアが愛しくてならない。

身体が密着していたおかげで、ヴィクトーリアから溢れ出たものを腹に受け止めることができた。それは熱く、内壁に絡むものよりはさらりとしていたけれど、指で拭えた。

そこでふと、レオナルトは自分が嗤っていることに気づいた。

「レ……レオナルト？」

徐々に震えが治まってきたヴィクトーリアだったが、自分の手を眺めて嗤っているレオナルトに気づき、また顔を引きつらせる。

「さぁヴィクトーリア、これからが本番だ」

「――――っ」

にこやかに宣言したレオナルトに対し、彼女は可哀想に赤い顔を青くした。

しかし腰を揺すり上げてやれば、まだ繋がっている場所からこぽりと愛液が伝い、ヴィクトーリアがもう一度快楽の渦に呑み込まれようとしているのがわかる。

彼女はそれに呑まれたくないと、必死に首を横に振り、懇願するように訴えた。

「も……もう、むり……っぜったい、むり！」

わかっていないな、ヴィクトーリア。

そんな顔は、俺を余計に煽るだけだといつになったら学習するのか。

いや、やはり一生学習しないでもらいたい。

それでも愛しい婚約者だ。安心させてやろうと、レオナルトは笑いかけた。

「ヴィクトーリア、これが婚約者相手の睦み合いだ。君も望んでいたことだろう。心ゆくまで堪能するがいい」

「――っ」

むり、と青い顔で首を振り続けるヴィクトーリアに、レオナルトは囁いた。

「これから逃れたければ――早く結婚するしかないな」

ヴィクトーリアは暗闇に光明を見出したような顔をしていた。

それが悪魔の囁きだとはまだ気づいていない。

「早く結婚したいよな、ヴィクトーリア？」

「あ、あっん、う、うん……っ」

下からゆっくりと突き上げながら甘く囁くレオナルトに、期待するように目を潤ませながら、ヴィクトーリアは頷いた。

レオナルトは嗤った。

この女は、一生俺のものだ。

そしてヴィクトーリアは結婚式の後で知ることになる。

結婚後には、夫婦用の愛撫と閨房術があることを――

終章

あの公衆の面前での求婚の後、結婚式までの期間が二週間しかなかったのは、貴族の結婚としてはあり得ないことだったと思う。

ヴィクトーリアは慌ただしかった日々を思い出し、昨夜からの疲労がさらに増した気がした。しかし、もう急がなくてもいいのだと思うと、少し気が楽になる。

レオナルトの休暇が終わり、サウラン砦に帰るのに合わせて、ヴィクトーリアも同道することになった。そのため、こんな性急な日程になったのだ。別々の日程を組めばもっと準備にも時間をかけられたし、気持ちも急くことはなかっただろう。

しかし、レオナルトが離れたくないと主張し、一刻も早く結婚したいと言い、ヴィクトーリアもそれに同意してしまった。その時は、頭に花が咲いていたに違いない。

自分が言ったことの責任は、自分で取らなければならなかった。

しかしながら、周囲の手助けがなければ成し遂げられなかっただろう。

でも、何もかもの準備が進んでいたっていうのは、どうなの……？

婚約が正式に成立する前から、両家の間で結婚の準備が進んでいたことをヴィクトーリアは未だに根に持っていた。不満なわけではない。しかし、腑に落ちない気持ちも捨てきれない。

結婚式を、大げさにしたくない、と言ったのはレオナルトで、ヴィクトーリアも同じ気持ちだったが、あの翌日にはドレスの仮縫いが始まって、一昨日、結婚式の前日には仕上がっていたのだから狼狽えても仕方がない。

ドレスの生地を用意してくれたのはあのマリタ村の職人たちだった。ヴィクトーリアのひどい噂に振り回されていた自分たちを恥じ、お詫びのしようもないと言いながらこの短期間で素晴らしいものを作り上げてくれた。

ヴィクトーリアとしては、彼らを恨んでいないし怒ってもいない。彼らだって、騙されていたのだから。

時間をかけてヴィクトーリアを陥れていたマーティの処分が騎士団預かりとなっていた。ヴィクトーリアが攫われかけたことを知った父は、その後のレオナルトの正式な求婚の話など耳に入っていない様子で、誰よりも落ち込んでいた。「人を見る目がない。もう隠居したい」とまで言い始め、まだ騎士団を辞めるつもりのなかった兄と一緒に必死で慰めた。

父が誰よりもヴィクトーリアの幸せを願っていることは、ヴィクトーリア本人が一番よく知っているのだ。

マーティの処分を、騎士団――それもレオナルトの指揮のもとで行うと知って、少しは心を持ち直していたが、レオナルトに向かって「わかっているね？」と念を押した父の顔が、見たことがないほど昏く人の悪い笑みを浮かべていたので、ヴィクトーリアは怖かった。

そしてそれに「もちろんです」と同じような笑みで答えたレオナルトも怖かった。

いったい、マーティはどうなるのか――

不安を覚えたけれど、これまでヴィクトーリアにしてきたことを考えると、軽く済ませて良いわけはないし、その罪を明確にする必要があるだろう。ただ、レオナルトの部下たちが楽しそうに、「どうやって正気に戻すかなぁ」「前はどうやったんだったか？」「端から試すか」などと会話していたのを聞いてしまい、ひとりで震えた。

よし、何も聞かなかったことにしましょう――マーティは罰せられる。それでいい！

ヴィクトーリアはそれで過去と決別する決心ができたのも確かだ。

結婚式自体は出席者を必要最低限にして、慌ただしくもひっそりと行った。ヴィクトーリアとレオナルトの家族、それから友人たちと、レオナルトの部下たち。出席者はそれだけだ。だからこそ、賑やかに楽しく過ごすことができたのだが、それもこれも前日までに用意を終わらせることができたからだった。

結婚式の準備してくれたのは、ハナとフィーネで、他にすることがあるヴィクトーリアに代わってすべてを整えてくれた。

レオナルトは赴任先に戻るだけでいいけれど、ヴィクトーリアは生活のすべてを移さなければならない。向こうに行っても困らないよう、すべてを一から用意する必要があった。何か足りなければ、その場で用意すればいい、とレオナルトは言うのだが、嫁入り道具として最高級の品を揃えなければ嫁に出さない、と父が言い出した。

最初は父と一緒に選んでいたのだが、これまで地味に、必要最低限の品だけで暮らしていたヴィクトーリアだったから、途中で疲れて、最後にはほとんど父の選んだものとなった。

ジジや、数少ない友人たちに別れの挨拶をするのも大事なことだった。

国内有数の交易都市でもあるサウラン砦だから、遊びに来ることも可能だろう。そんな約束もして、すべての準備を終えて、後は移動だけ、という気持ちですっきりとして挑んだ結婚式だった。

慌ただしく、疲れがないわけではなかったけれど、やはり祝福されて好きな人のもとに嫁ぐというのは、嬉しかった。礼装のレオナルトはいつもより格好いいと思ってしまったし、レオナルトが指示して作らせたという純白のドレスにもヴィクトーリアは満足だった。

しかし、結婚披露のパーティの途中で、もう我慢の時間は終わったとばかりにヴィクトーリアを部屋に連れ去ったことは、どうかとも思った。

『さぁ、夫婦で愛し合う時間だ』

と、これまでで一番楽しそうな笑みを浮かべるレオナルトに、これまでで一番不安を覚えて逃げたくなったのも仕方がない。が、逃げられるはずもなく、ヴィクトーリアは夫婦で愛し合うことの意味を身体に教えられた。

婚約中のそれとは違う、とレオナルトは言ったが、理性が飛んでおかしくなってしまうほど感じてしまい、もう無理、と泣いて頼むところは変わらなかったように思う。

それでも、翌日からの長距離移動が待っていたため、その日のうちには眠ることができた。

だからこそ、ヴィクトーリアは、午前中のうちに目を覚ますことができていた。

今はアイブリンガー家のレオナルトの部屋である。彼はまだベッドに突っ伏して眠っていて、なんとなく、この格好は見たことがあるなと、思い出した。

初めての夜、出会ったその日のうちに抱き合ってしまった後のことだ。翌朝早朝、ひとりで起きたヴィクトーリアは、同じ状態で眠っているレオナルトを残し、宿を出たのだった。

苦しくないのかしら……

そう思いながらも、ひとりで起きる準備をする。レオナルトは一向に起きる気配がない。

これからサウラン砦に向かうのだ。起こしたほうがいいのだろうか、と思っていると、扉をノックする音が響いた。

「――奥様、お目覚めですか？」

奥様？　と首を傾げたものの、それが自分のことだと気付き、ヴィクトーリアは頬を染めながらドアを開けた。

「どうぞ……あら？」

「おはようございます、奥様」

そこに立っていたのは、レオナルトの専属従騎士であるゼンだった。これまでレオナルトの身の回りのことまでしていたという彼に、これからは自分がしなければ、といろいろ教えてもらっているうちに、それなりに仲良くなった。

そのゼンは、にこりと笑いながら部屋に入って来る。ヴィクトーリアは構わなかったのだが、それよりも彼が手にしている剣が気になって目を瞬かせた。

「あの……？」

「朝から申し訳ございません。アイブリンガー家の方々が朝食の準備ができたとお待ちです。私は団長を起こしてから向かうので」

「え、でも……？」

起こすのなら、自分でやるのに、とヴィクトーリアは戸惑ったが、ゼンはレオナルトの寝ているベッドに近づくとおもむろに剣を抜いた。

「――――！」

そしてヴィクトーリアが身を強張らせて青ざめてしまうほど恐ろしい気配をレオナルトに向けた。その剣が、自分の夫に振り下ろされるその瞬間。がばっとレオナルトが飛び起きた。寝起きとは思えない鋭い視線であたりを見回す。

その時には、ゼンはすでに剣を鞘《さや》に納め、剣呑な気配も消していた。

「おはようございます、団長！　朝です！」

「――――ヴィクトーリア、おはよう……」

にこやかに、元気に、うるさいくらいの声で挨拶したゼンを放置して、レオナルトは今度は寝起きとわかるぼんやりとした目でヴィクトーリアを見て、呟いた。

――いったい、何!?

怯えと驚きで何も言えずに立ち尽くしていたヴィクトーリアだったが、振り向いたゼンがとても晴れやかな笑みで教えてくれた。

「団長は、恐ろしいほど寝汚いんです。訓練中などは大丈夫なんですが、私室だといつもこんなものでして。揺すっても怒鳴っても蹴っても水を掛けても起きません。これが一番てっとり早いので、今度奥様用の剣を用意しますね」

それにヴィクトーリアはなんと答えればいいのか。

剣をもらったところで、あんな殺気が出せるとは思えず、しかしゼンの言う通りなら、ヴィクトーリアが何をしたってレオナルトは起きることはないように思う。

結婚してから思っていたのと違うことがあるって、他の奥様方が言っていたわね……これがそうなのかしら、と初めて知った夫の習性に、頭を抱えたくなった。

出発する頃になって、レオナルトはようやくいつもの様子になっていた。

アイブリンガー家の人々や、見送りに来てくれたヴィクトーリアの父たちに別れを告げ、ヴィクトーリアは用意された馬車に乗り込み、息を呑んだ。

「──何これ？」

「移動用の馬車だ」

次に乗って来たレオナルトは当然のように真ん中に座ったが、ヴィクトーリアは戸惑って隅に座った。

移動用、というその馬車は、床にはクッションが敷き詰められ、どこに転がっても平気なような心地よい空間となっていた。

豪華すぎない!? というか移動用なのに寝られるの!?

驚くヴィクトーリアを、レオナルトが強く引っ張り柔らかなクッションの上──レオナルトの膝の上に座らせる。

そのうちに馬車が動き出したようだが、恐ろしく心地のよい空間だった。

「な、なんで？　なんなのこれ？」

「新婚で、長距離の移動だぞ。これくらい準備をしておかないと、困るだろう──何をするにしても」

「何を！　すると！　言うの!?」

レオナルトの言わんとしていることは、わかった。わかってしまった。けれど、これを用意した人たちも知っているのだ。この中で、移動中に、ヴィクトーリアたちが何をするかを。

恥ずかしくて今度こそ死にそう、と真っ赤な顔のままレオナルトを睨みつけたが、にやりと返されて今度は青くなった。

「――その顔、さっそく誘っているのか？」

「誘ってない！　誘ってないわ！　むしろ何もしないで!!」

「まぁ遠慮するな。旅は長いしな」

「遠慮なんてしてないわ！　降ろして！　馬車を止めて――！」

「動くと危ないぞ、奥方」

「――――！」

危ないことをこんなところでしようとしている人に言われたくなかったが、レオナルトに「奥方」呼ばれて思わず頬を染めてしまった。

嬉しくないわけではないのだ。結婚して、レオナルトが自分のものになったことが。

一生結婚なんてすることはないと思っていたのに、これはどういう状況だろう。

本当に、人生何が起こるかわからない。

この先も、絶対彼に振り回されてしまうんだろう――不安を感じないわけではなかったけれど、それを受け入れてしまうだろうことがわかっているから、ヴィクトーリアは諦めに似たため息を吐いた。

強く、しっかりとレオナルトに抱きしめられながら、その温もりを心地よいと思ってしまうのだから、受け入れるしかないのだ。

「ヴィクトーリア、愛してる」

しかも、とどめとばかりのこの一言だ。

ヴィクトーリアだって、返す言葉はひとつしかない。その後で、喜ぶ彼がどうするかも
わかりきっていて、どうなろうとも仕方がないと、諦めを込めて笑った。

「――私も、好き、レオナルト」

あとがき

『不埒』——道理にはずれていて、非難されるべきこと。けしからぬこと。また、そのさま。と、いうことらしいです。

書き終わってから、意味を改めて調べたんですけど——概ね合っているかと。

この度は、俺様騎士と彼女に捕まっちゃった彼女の話をお読みいただき、ありがとうございます。

この喜びを、どこに伝えるべきか……まぁまず、いつもいつもいつもお世話になっている担当様に陳謝を。いつも遅くて、日本語もおかしい私を、見捨てないでいてくれて本当にありがとうございます。次からはきっと——と、いつものように思いだけは強いです。はい。これからもよろしくお願いします。

次に素敵なイラストを描いてくださった氷堂《ひどう》れん様！『ストーカー騎士の誠実な求婚』に引き続き、素敵な騎士（兄）を描いていただき、そして麗しい赤毛美女をくださり、ありがとうございます！ 満腹です。

そして改めて、この本を手にとってくださった皆様にも、感謝いたします。

本当にありがとうございます。これからも私の妄想に付き合っていただけると、幸いです。

また次回、別の妄想の中でお目にかかれることを願って。

秋野《あきの》真珠《しんじゅ》

この本を読んでのご意見・ご感想をお待ちしております。

◆ あて先 ◆

〒101-0051
東京都千代田区神田神保町2-4-7 久月神田ビル
㈱イースト・プレス　ソーニャ文庫編集部
秋野真珠先生／氷堂れん先生

俺様騎士《おれさまきし》の不埒《ふらち》な求婚《きゅうこん》

2019年12月3日　第1刷発行

著　　者　秋野真珠《あきのしんじゅ》
イラスト　氷堂《ひどう》れん
装　　丁　imagejack.inc
D　T　P　松井和彌
編集・発行人　安本千恵子
発 行 所　株式会社イースト・プレス

〒101－0051
東京都千代田区神田神保町2－4－7 久月神田ビル
TEL 03－5213－4700　FAX 03－5213－4701

印 刷 所　中央精版印刷株式会社

ISBN 978-4-7816-9662-1

とても美しいな、君の骨格は。

「では、役所へ行きましょう」有名企業の御曹司で大学教授の名城四朗から、突然プロポーズ(?)をされた、地味OLの松永夕。直球すぎる愛の言葉は、恋を知らない夕の心を震わせる。彼の劣情に煽られて、やがて、情熱的な一夜を過ごす夕だったが、ある事実を知ってしまい…!?

『天才教授の懸命な求婚』 秋野真珠

イラスト ひたき